ドラキュラやきん!2

和ヶ原聡司
イラスト 有坂あこ
satoshi wagahara
ill. aco arisaka

「梁さん、字、上手いな」
「ありがとうございます。まだ日本の漢字は勉強中なんですよ。難しくて」
虎《とら》木《き》由《ゆ》良《ら》
日当たり激悪アパートに住む、コンビニ夜勤吸血鬼。

アイリス・
イェレイ
虎木の隣の部屋に住む、
吸血鬼退治を生業とする
男性恐怖症のシスター。
比《ひ》企《き》未《み》晴《はる》
裏社会にも通じる名家のお嬢様。
闇十字騎士団にも顔が利き、
虎木を慕い追いかけ回している。
梁《リァン》詩《シー》澪《リン》
虎木のコンビニに新しく入った
バイトで、留学生の女の子。

「ナメてくれるわね！……刀、いえ、鎌？」

「虎木さん?」
「んえっ?」
「折角なんで甘えさせてもらいますね?」
「お、おう……」

「でも、アイリスさんに怒られませんか？」
「んんっ？　何で？」
「だって、彼女さんいるのに……」
「あ……あ、あー！　あー！　それな！」

FRONT M

デザイン■木村デザイン・ラボ

ドラキュラやきん!

DRACULA YAKIN!

2

和ヶ原聡司
イラスト 有坂あこ
satoshi wagahara
ill. aco arisaka

第一章　吸血鬼は誘惑に弱い？

DRACULA YAKIN!

多くの人々が日常会話の中で気軽に発する『プライバシー』という概念が権利として法的に理論化されたのは、一八九〇年とされている。

そしてその概念の起源をさかのぼると、中世イングランドに生まれた慣習法としてのコモン・ローにまで到達するという。

「このような間取りになっているのですね。なるほど」

「おい」

概念が生まれて千年。近代法に権利として論じられるようになって百年以上。

『プライバシー』はもはや、現代社会に生きる多くの人々にとって、基本的人権の重要な一角を占める権利であると述べても問題はないだろう。

「こちら側に窓があるとすると、脱出経路で想定される動線は……」

「おい！」

あらゆる日常生活の情報がデジタル的に蓄積される現在もプライバシーの概念はなお成長を続けているが、『個人の私生活に関わる情報を他者に公開されない自由』と『私的な事柄に属する領域への他者からの侵入を受けない自由』という二本の根は、脈々と生き続けている。

「電気の契約アンペア数は40のようですが、これはずっとですか？　証明できるものがあれば、提出してください。電気代の領収書くらいあるでしょう？」

「いやちょっと！」

　そして今、社会情勢とともに成長し多様性を得た『プライバシー』を、全力で侵害されていた男は、たまらず声を上げた。

「何だ領収書出せって！　税務署か！」

「闇十字騎士団《やみじゅうじ》の駐屯地を預かる騎士長ですが」

「つまりは俺の商売敵の親玉だろうが！　なんでそんな奴《やつ》に電気代の領収書なんか要求されなきゃならねぇんだよ！」

「理由は最初に説明したはずですが？」

「俺は一切了承してねぇよ！」

「虎木由良《とらきゆら》」

　修道服姿の中年女性は、ドスの効いた声で男の名を呼び、左手の全ての関節を角ばらせて吠《ほ》えた。

「これでもまだ手緩《てぬる》いのですよ。古妖《エンシエント・ファントム》を退けたという事実が無ければ、シスター・イエレイともども……！」

「ともども、なんだよ」

「とても言えないところまで調べるはずだったんですからね」

「おい聖十字教徒。なんだその下品な手つきは」

「聖十字教の歴史に比べれば、ずっとライトです。昔はもっとえげつないです」

「お前ら本当タチ悪いな！」

虎木《とらき》由良《ゆら》の突っ込みは、闇十字《やみじゅうじ》騎士団日本駐屯地騎士長、中浦節子《なかうらせつこ》にまるで響いている様子はなかった。

東京都豊島区《としまく》にある、ブルーローズシャトー雑司《ぞうし》ヶ谷《がや》一〇四号室は、闇十字《やみじゅうじ》騎士団によるガサ入れを受けていた。

ある夜、四人の修道服姿の『従騎士』の少女達を引き連れて現れた中浦節子《なかうらせつこ》は、自己紹介もそこそこに一〇四号室に上がり込み、一方的に室内を調査すると宣言したのだ。

中浦《なかうら》は虎木《とらき》をテーブルにつかせると室内の調査を従騎士に任せ、自分は虎木《とらき》を見張るように正面に座った。

一〇四号室を自宅として賃貸契約を結んでいる虎木由良《とらきゆら》のプライバシーが今、冷蔵庫の中身から風呂《ふろ》掃除に使っている洗剤の銘柄まで、一分《いちぶ》の隙無く侵害されようとしていた。

「言っとくが、俺にはちゃんと戸籍があるし、税金も払ってる。警察の親戚だっている。このことを公的機関に訴え出ることができるんだからな」

「結構ですよ。訴え出ていただいて。それでこちらが敗訴すれば賠償金もお支払いしましょう。

たとえそうなったとしても、この調査はしないわけにはいきません」

「おい、俺が吸血鬼だから日中の裁判に出頭できねぇとか思ってんなら大間違いだぞ。弁護士に代理人頼むくらいの知恵と貯金はあるんだからな」

「虎木《とらき》由良《ゆら》」

中浦《なかうら》は、このガサ入れが始まった当初から右手にずっと持っているものを、改めて虎木《とらき》につきつけて言った。

「あなたがただの吸血鬼であるなら、こんな手間はかけません。あなたが『古吸血鬼ストリゴイ』の『子』であり、『親』に対抗するだけの力を持っているからこその処置です」

「あんたんトコの騎士様は、俺のことを人柄だけで信じてくれたぞ」

「事が済めば子細を把握し、事態の収拾と整理に努めねばならないのが上長というものです」

「事態の収拾と整理、ね」

虎木《とらき》は目の前にある、暗い穴を忌々しげに睨《にら》みながら言った。

「デウスクリス、だったか。人の顔に銀玉鉄砲突き付けて、随分とご立派なお題目だ」

「私は騎士長ですから」

中浦《なかうら》が虎木《とらき》に突き付けているのは、闇の生物ファントムの弱点である銀の弾丸を撃ち出す聖銃デウスクリスだ。

「確かに現代の闇十字騎士団《やみじゅうじ》は、ファントムの協力者を得ています。ですがそれは、人の世の法と経済と秩序を尊ぶと組織が確認したファントムです」

中年女性の片腕ながら、中浦《なかうら》が虎木《とらき》の眉間を狙う銃口は微塵《みじん》も揺らがない。

「その外見よりも長く生きているあなたならお分かりになるでしょう？　善人を装《よそお》って他者を利用しようとする者など、いくらでもいます」

「九割九分九厘、人間だけどな」

「この調査は、シスター・イェレイの身の潔白を証明するためのものでもあるのです。お分かりいただけますね」

虎木《とらき》は眉間にしわを寄せながら、中浦《なかうら》が背にしているキッチンの壁を睨《にら》んだ。

虎木《とらき》の部屋の隣室。ブルーローズシャトー雑司ヶ谷《ぞうしがや》一〇三号室側の壁。

今頃一〇三号室では、住人であり、中浦《なかうら》が何度も名を呼んだ『シスター・イェレイ』がハラハラしながら壁越しにこちらの気配をうかがっているのだろう。

「……何を考えているのです？」

虎木《とらき》の視線が自分から外れたことに気付いた中浦《なかうら》が問うと、虎木《とらき》は心底面倒くさそうに言った。

「ここで俺が力ずくで調査拒否すれば、あんたらアイリスを引き取ってくれんのかなって思っただけだ」

「もうそんな段階でないことはお分かりでしょう？」

「言ってみただけだ」

「シスター・中浦《なかうら》。冷蔵庫の中に『スッポンの生き血』と書かれたものがありました！　押《おう》収《しゅう》しますか？」

「生き血ですって？」

中浦《なかうら》の目が一段階鋭くなるが、虎木《とらき》は顔を顰《しか》めたまま隣の部屋に顎をしゃくって言った。

「アイリスの聖務に協力するために身銭切って買ったもんだ。それこそ俺の携帯に通販の領収メールが入ってるが、ご覧にいれようか⁉」

「……まぁ、こんなに分かりやすく人間の血を保管しておくほど愚かでもないでしょう。未開封のようですし、それは記録だけ取っておきなさい」

「分かりました。ではこちらは？」

「げっ！　それは！」

虎木《とらき》は続けて出されたものを見て、今度はつい声を上げてしまい、中浦《なかうら》はその反応を警戒するようにじろりと睨《にら》んだ。

従騎士の手にあるのは、湿気で古びたラベルの貼り付いた瓶だった。

中には赤黒いぐちゃぐちゃとした塊が半分ほど詰まっていて、蓋は固く閉じられている。

「生き血にはあんなに堂々としていたのに、これを我々に見られて問題でもあるのですか？」

「そりゃ問題あるだろ」

ラベルには、イチゴの絵が描かれていた。

従騎士の少女は汚いものを見るように指先でつまんだその瓶を、顔から遠ざける。

「賞味期限は四年前に切れています。中にちょっとカビみたいなものが……」

「襲った人間の断片を保管しているのかもしれません。持ち帰って調べなさい。黒いものも、吸血鬼の魔術的な薬剤かもしれませんから注意しなさい。随分厳重に封がされてますね」

「古くなったイチゴジャムで、黒いのはカビで、蓋が開かないのは砂糖が固まってるからだ」

「何故《なぜ》冷蔵庫の奥に隠したのです。人に見られたくない理由があったのでは？」

「あんたは悪くなった食材を他人様《ひとさま》に見せる趣味があんのか！」

吸血鬼よりもシスターの方がよほど恐ろしい発想をしている。

「どうだか。イチゴジャムなら食べられるはずでは？」

「食えるか」

言いがかりに言いがかりを重ねられて、虎木《とらき》は辟易《へきえき》としてしまう。

一体この不毛な調査はいつまで続くのかと思うと、虎木《とらき》はげんなりしてしまった。

※

ファントム、と呼ばれる存在がある。

有史以来、人間が築き上げてきた社会の裏でひっそりと、闇と同化して生き、時に人の形をした、人ならざる者達。

史実に語られる多くのケースにおける『人ならざる者達』の正体は、世界が未《いま》だ近代物理化学の知の恩恵を受けるに至らず、夜が人間ではなくこの星に生きる全ての自然の物であった時代に見いだされた錯誤であった。

そして。

その錯誤の陰に隠れた『本物』の存在は、秘匿されず、されど公にもならず、人の歴史の陰で息をひそめていた。

そして虎木由良《とらきゆら》もまた、人間が『夜』すら手中に収めた近代になって人からファントムへと変貌した『本物の吸血鬼』であった。

戦後間もない東北の寒村に生まれ、十二歳で吸血鬼に変貌させられた虎木《とらき》は、伝承に語られるように、太陽の光に当たると灰となって崩れ落ちる。

流れ水を渡れず、人間の血を何よりも欲《ほっ》し、心臓を白木の杭《くい》か銀の弾丸で打ち抜かれないと死亡しない。

その事実と六十年以上付き合って来た男は、現代の日本で人々の恐怖と憎悪《ぞうお》をその身に受けないよう、夜の世界でひっそりと生きていた。

具体的には、コンビニエンスストアで夜間限定のシフトでアルバイトをしながら、日々の糊《こ》口《こう》を凌《しの》いでいた。

吸血鬼は血を欲《ほっ》するが、血を飲まなくても生きて行ける。

現代日本では味も栄養も豊富で、人間の血を飲むより安全で上等な食材は簡単に手に入る。

虎木由良《とらきゆら》は、幼い頃から抱き続けてきたたった一つの目的。

『人間に戻りたい』という希望を、失いかけながら生きてきた。

そんな彼が住む、2DKの鉄筋コンクリート造マンション、ブルーローズシャトー雑司ヶ谷《ぞうしがや》一〇四号室にある日突然、聖十字教のシスターが転がり込んできた。

アイリス・イェレイという名のシスターは闇十字騎士団《やみじゅうじ》の修道騎士と称し、虎木《とらき》のようなファントムを討伐することが使命と息巻いていた。

だがアイリスはファントム相手なら修道騎士の名に恥じぬ毅然《きぜん》とした態度と超人的な身体能力を発揮するのに、人間の男性相手となると、たとえ無害でも目も合わせられず会話もままならない性質を抱えていた。

アイリスは助けてくれた虎木《とらき》が無害なファントムであるのをいいことに、日本でのファントム討伐任務に虎木《とらき》を引っ張り回した。

その過程で虎木《とらき》は、かつて己を吸血鬼化させた張本人である『古妖《エンシエント・ファントム》』と恐れられるファントム室井愛花《むろいあいか》と遭遇。

室井愛花《むろいあいか》はストリゴイと呼ばれる古《いにしえ》の吸血鬼であり、虎木《とらき》が人間に戻るためには彼女に打ち勝つ必要があった。

　横浜港に停泊していた豪華客船メアリ一世号で室井《むろい》愛花《あいか》と相対した二人は、討伐こそ敵《かな》わなかったが、虎木《とらき》の旧知である日本の古《エンシエント・ファントム》妖・八百比丘尼《やおびくに》の血を引く比企《ひき》未晴《みはる》や、虎木《とらき》の弟であり、虎木《とらき》の宿願を知る元警察庁長官虎木《とらき》和楽《わらく》の力を得て、愛花《あいか》を倒せこそしなかったもの退けることには成功した。

　その横浜の戦いの熱が冷めやらぬ十二月の下旬。

　虎木《とらき》宅のガサ入れは強行されたのであった。

※

　押しかけ同然に部屋に居座り、数日前にようやく出て行って隣の部屋に入居したはずのアイリスが今、虎木《とらき》の部屋の白木のダイニングテーブルで向かい合って項垂《うなだ》れている。

「あの……怒ってる？」

　闇十字《やみじゅうじ》騎士団の無遠慮なガサ入れ部隊が去って一時間後。アイリスがおずおずと一〇四号室のインターフォンを鳴らし、本人曰《いわ》く詫《わ》びを入れに来たらしい。

「その、ね。私もきちんと話したのよ？　だけどルールはルールだからって……！」

「お前らみたいな組織が、吸血鬼を簡単に信用できねぇっていうのは分かる。だがな」

虎木《とらき》はスリムフォンの画面をアイリスにつきつける。

画面にはメッセージアプリが表示されており『村岡《むらおか》さん』というアカウントからメッセージがポストされていた。

『お店に女の人が何人も入れ代わり立ち代わりトラちゃんのこと聞きに来たけど、何か変なことしてないよね』

「勤め先の内偵くらい、もうちょっとうまくやれんのか」

アイリスは消え入りそうになるほど身を縮める。

「これでもし俺がクビにでもなってみろ。生活に困って思いつめた結果人間に害をなすファントムになるかもしれんのだぞ」

『おばさんから小さな女の子まで色々いたけど、トラちゃんストライクゾーン広いんだね』

「また変な誤解されてるし」

「ごめんなさい……」

メッセージを送ってきている村岡《むらおか》さんとは虎木《とらき》のアルバイト先のコンビニ、フロントマート池袋東五丁目店のオーナーであり、虎木《とらき》の雇い主である。

頻繁に深夜帯シフトに入ることができる虎木《とらき》を重宝がっており、虎木《とらき》が吸血鬼であることは知らないものの、虎木《とらき》の個人的な事情を詮索せず、丸三年雇い続けてくれている。

ただフランチャイズコンビニオーナーの宿命として仕事第一人間になっており、家庭環境を疎《おろそ》かにしがちで、そのせいで妻に逃げられてしまっている。

虎木《とらき》とアイリスが知り合った経緯の中で、一度は家族間の話し合いの機会を持てたはずなのだが未《いま》だ和解には至っていないようで、その反動かやたらと虎木《とらき》の異性関係をやっかみたがるクセがあった。

「ご、誤解を解きに行った方がいいかしら」

だが。

「そういうこと言うなら、せめてまともな服を着てから言え」

ただでさえアイリスが虎木《とらき》の恋人だと信じ込んでいる村岡《むらおか》に、謎のサンタ服を着たアイリスが誤解を解きに行ったら、次にどんな破天荒な誤解が生まれるか分かったものではない。

虎木《とらき》はひとしきり釘《くぎ》を刺してから、しゅんとなってしまっているアイリスに尋ねた。

「何なんだそのフザけた格好は。それが詫《わ》び入れに来る奴《やつ》の服か」

「クリスマスが近いのよ。これくらい当たり前でしょ」

アイリスはムスッとして自分の体を見下ろす。

コスプレと言うほど俗っぽいものではないが、だからと言って本職のシスターが着るにはあまりに安っぽい、赤と白で彩《いろど》られたサンタクロースカラーのローブだった。

「当たり前じゃないだろ。本職が何やってんだよ」

「本職だからよ。あなたのことやヨコハマの顚末《てんまつ》の報告不備を、この年末の奉仕活動に従事す

ることで帳消しにしてもらうの」

「たまに駅前で募金活動とかやってるやつか？」

聖職者が年末に、慈善のための奉仕活動をするというのはまだ分からないでもないが、だとしても華美に過ぎないだろうか。

その疑問を敏感に感じ取ったのか、アイリスは言葉を続ける。

「キンダー《幼稚園》やリタイアメント《老人ホーム》の慰問やクリスマスパーティーに行って、聖歌を歌ったりもするわ。だから、こういう格好の人間も必要なの！」

そう言われると古妖《エンシエント・ファントム》と戦うよりもよほど修道士らしい仕事と言えるかもしれないが、それでもこれだけは言わねばなるまい。

「家から着ていくなよ」

「今日はこの後現地集合なのよ。上にはコートを羽織っていくから変なことにはならないわ」

十二月の下旬に池袋の街中でアイリスがサンタクロースを思い起こさせる服装で歩いていたら色々な面倒が起きそうな気もするが、本人もそれは分かっているだろうからこれ以上は問い詰めないでおく。

「まさかとは思うが、あの中浦《なかうら》とかいうシスターもサンタのコスプレで外歩くのか」

「コスプレって言わないで。全員が全員じゃないわよ」

なるほど、アイリスが単独で動くわけではないなら問題はないかと考え、ふと、虎木《とらき》は別の疑問を問いかけた。

「今日来た連中も全員女だったが、修道騎士には女しかいないのか」

「男性もいないわけじゃないけど、全体の十パーセントくらいじゃないかしら」

組織構成としてあまりにいびつではなかろうか。

その思いが顔に出ていたのだろうか、アイリスは理由を補足する。

「だって人間の男ってすぐファントムに誘惑されるでしょ」

「……なるほど」

珍しく、素直に納得できる話だった。

世界の伝承や民話を繙《ひもと》くと、ファントムに接触した男性の主な敗因は慢心と油断と、そして誘惑である。

戦いの中で油断してやられるならまだいい方で、接敵すらできずに歌やら香りやらで感覚を麻痺《まひ》させられ敗北するケースも少なくない。

とは言えその事情には時代背景というものがないだろうか。戦闘が男性の仕事であった時代だからこそ、そんな経験が多く蓄積されたようにも思える。

「もちろんそれもあるけど、闇十字騎士団《やみじゅうじ》の文献では騎士団の黎明期《れいめい》に、男性が女性ファントムに敗北するケースと女性が男性ファントムに敗北するケースを分析して、後者の方が単純な戦闘能力の差のみで負けてることが多いって分かったの。だったら、どういう人材で固めるかは分かり切ってるでしょ？」

闇十字騎士団《やみじゆうじ》の歴史がどれほど長いか知らないが、現在の組織構成がそうなるに足る理由と蓄積があったのだろう。

「歌で船ごと沈むとか、有名だもんな」

「そうよ。人魚は西洋でも東洋でも狡猾《こうかつ》で悪辣な存在なのよ」

「海魔サイレンは、中世くらいまでは半魚じゃなくて半鳥じゃなかったか？」

極めて個人的な感覚で特定の誰かを想定しながらものを言っているのが丸見えなアイリスに苦笑する虎木《とらき》だが、アイリスは驚いたようだった。

「よく知ってるわね。日本人はサイレンのこと人魚だと思ってるんだと思ったわ」

「これでも六十年以上吸血鬼やってんだ。吸血鬼のことはもちろん、他の種族に関してもある程度は調べてるさ。実際に会ったことがある奴《やつ》もいる」

「そうなんだ」

「まぁこの時期は特にな。蕎麦《そば》屋とか場末の居酒屋に行くと、吸血鬼はもちろん、ファントムがたまにいる」

「何それ。日本の治安大丈夫なの」

「この時期は夜ですら過ごしづらいからな。俺だって本音を言えばこの時期だけはあまり外に出たくないんだ」

虎木《とらき》は顔を顰《しか》めると、冷蔵庫に貼り付けてあるカレンダーのシフト表を見た。

十二月の中旬から下旬。シフトはびっしりである。

「やっぱり、クリスマスは苦手?」

「クリスマスが得意な吸血鬼はあんまりいないと思うぞ」

クリスマスが得意苦手という会話自体がおかしいと思わないでもない虎木《とらき》は苦笑する。

「それに十二月のコンビニなんてクリスマスケーキだおせちだって、ノルマの重いシーズナル商品が目白押しで村岡《むらおか》さんが血眼《ちまなこ》になってんだ。色々気が重いんだよ」

するとアイリスは突然顔をぱっと輝かせた。

「クリスマスケーキ! 私、日本のクリスマスケーキ、ちょっと楽しみにしてたの!」

「は?」

日本よりよほど本来の意味でのクリスマスの文化が浸透している国から来日しておいて、何を言っているのだろう。

そんな疑問が顔に出たのか、アイリスは身を乗り出してくる。

「イングランドのクリスマスケーキは固くて重いのよ。それに物によっては結構スパイシーだったりするの。ケーキは食べずにプディングだけって家庭もあるし」

とてもケーキを表現しているとは思えない言葉でアイリスは続ける。

「もちろんそれはそれで美味《おい》しいんだけど、日本のケーキはやわらかくて甘すぎないんでしょう？　メアリ一世号の夕食のデザートはジェラートだったから、私まだ日本のケーキって食べたこと無くて」

「ケーキくらいその辺で買ってくればいいじゃないか」

情緒が無いことを承知で虎木《とらき》が気の無い様子で返すと、案の定アイリスは不満そうな顔で調子の良いことを言い始めた。

「ええ？　いいじゃない、クリスマスケーキ、アルバイト先で売ってるんでしょ？」

「ここまでされて何で俺がお前に買ってやるみたいな流れに持っていこうとしてんだよ！　フザけんなお前もさっさと仕事行け！」

ちょっとしおらしい態度を見せたと思ったらこれである。基本的には図太いというアイリスの性質を再確認した虎木《とらき》は、彼女を部屋から叩《たた》き出《だ》そうとする。

「ちょ、ちょっと待ってユラ！　出掛けるときは気を付けて！　アイカ・ムロイはまだ日本国内にいるんだから！」

「働かなけりゃ正月の餅も買えないだろうが。そっちこそ……」

メアリ一世号の甲板で、室井《むろい》愛花《あいか》はアイリスとその家族のことを知っているようなことを話していた。

愛花《あいか》がわざわざ比企《ひき》家に自分が日本にやってくることをリークして、虎木《とらき》をおびき寄せたのは、虎木《とらき》ではなくアイリスに会うためだったのだろうか。

「ユラ？　どうしたの？」

「いや、あいつが本当に俺達を狙うなら、もうとっくに何か起こってる」

過去はともかくとして、現在の愛花《あいか》が闇十字《やみじゆうじ》騎士団や比企《ひき》家のお膝元である池袋で、大勢の人間に目撃される危険を犯してまで虎木《とらき》やアイリスをどうこうしようとするほどの動機があるとは思えない。

「え？」

「何でもない。とにかくお互い、やるべきことをやるっきゃない。それじゃあな！」

「ちょっとユラ⁉」

それ以上アイリスには取り合わず、虎木《とらき》は少々強引にアイリスを廊下に放り出してドアを閉めると自分も出勤の準備を始めたのだった。

※

虎木《とらき》の住む雑司《ぞうし》が谷《や》から東京メトロ副都心線で一駅隣の池袋は、東京で最も栄えている繁華街の一つである。

そして十二月中旬ともなれば街を一色に染め上げるのがクリスマスカラーだ。

日本のクリスマスは本来の趣旨から離れ、あくまで冬最大のシーズナルイベントでしかないが、それでも一年でこの時期ほど、聖なるシンボルが街中に溢《あふ》れる時期もない。

吸血鬼は十字架を恐れる。

あまりにも有名な事実だが、吸血鬼が何故《なぜ》十字架に弱いのか、どのように弱いのかは文献によって大きく差異があった。

十字架が放つ聖性を直視できないとか、その聖性に焼かれるとか、その形状をあしらった武具が効果的だとか、強力な吸血鬼は十字架に対抗できるとか、色々言われたりする。

吸血鬼の種には細かい差異があるため十字架に対する反応は一言では語れないのだが……。

「最近増えたよなぁ。イルミネーションやる家」

通勤路の途中にある近所の一軒家の庭先やマンションのベランダが色とりどりのイルミネーションで飾りつけられ、いくつか十字架型が貼り付けられている。

虎木《とらき》は、見てはいけないものを見てしまったかのように、思わず目をそらした。

虎木《とらき》にとって十字架はそれそのもので死んだり大怪我《おおけが》したりはしないはずなのに、怖くて見たくない、近づきたくないものだった。

夏の終わりに玄関先に半死半生で落ちているセミ。

急に接近してきたスズメバチ。

海辺の岩場の陰から走り出てきたフナムシの群れ。

今すぐ自分に直接害があるわけでもないが、とにかく驚くし避けてしまうし、できれば目に入れたくないし、もちろん手で触れたくもない。

それが、吸血鬼・虎木《とらき》由良《ゆら》にとっての十字架という存在だった。

「……」

そんな虎木《とらき》だが、少し見通しの悪い十字路の地面に描かれた白十字は全く気にせずに接近し、視界に入れ、足で踏みつけ、通り過ぎてゆく。

これは虎木《とらき》が吸血鬼になって初めて気付いたことなのだが、最初から聖性を込めて描いたり作られたりした十字でなければ、それは単なる白線が交差しただけの模様であり、それを忌避するようなことは起こらないらしい。

自分でも理由は分からないが、当然漢数字の「十」や小文字のアルファベット「t」などにも違和感は抱かない。

「気持ちの問題、って言っちまえばそれまでだけどなぁ」

そんなことを思いながらやがて前方に、虎木《とらき》の勤め先であるフロントマート池袋東五丁目店が見えてきた。

多くのコンビニエンスストアの例にもれず、池袋東五丁目店も、本部から配布された色々なクリスマス商品やクリスマス広告物がそこかしこに溢《あふ》れている。

「おはようトラちゃん」

「おはようございます村岡《むらおか》さん」

自動ドア脇にあるコピー機の点検をしていたらしいオーナーで雇い主の村岡《むらおか》が声をかけてきて、虎木《とらき》は思わず顔を引きつらせる。

村岡《むらおか》はアイリスが着ていたそれよりも数段安っぽい素材ながら、見た目だけは完璧な『サンタ服』に身を包んでいた。

クリスマスシーズンにペラペラなサンタ服を上半身だけ着たり、帽子だけ被《かぶ》ったりする店は多いが、村岡《むらおか》のようにズボンや靴、帽子までこだわる店はそう多くはない。

そして当然のようにスタッフ全員がサンタの帽子、サンタの上着、サンタのズボンを着用することを義務付けられていた。

真偽は不明だが、村岡《むらおか》によるとこれをするとしないのではクリスマスケーキの予約数に明確に差が出るらしい。

「でさ、トラちゃんなんで最近急にモテだしたの。僕が知らないだけで顔出しして動画配信とかやってるの」

ただでさえサンタ服で気分が滅入《めい》っているのにこれである。

闇十字《やみじゅうじ》騎士団のヘタクソな調査には心底抗議したいし、実態に見合わぬルールを妄信することが、本来そのルールが未然に防ぐべきだった重大なインシデントを誘発し取り返しのつかないことになるのだと懇々《こんこん》と説いてやりたい。

「君の勤務態度のこと、根掘り葉掘り聞きたそうだったよ。探偵か警察みたいだった」

あの中浦《なかうら》というシスターの底知れぬ悪意と浅はかさに、虎木《とらき》は思わず殺意を抱いた。

「もちろんこっちは従業員のこと変に吹聴したりはできないから穏便にお引き取りいただいたけどね。トラちゃんなんかエッチなサイトとかに個人情報登録したりしてないよね？　最近怖いんだってよそういうの」

この前はPOSA《ポサ》カードの利用環境がよく分からないなどと吹いていたくせに、そういうことには詳しいのか。

「やってませんて。ただまぁ……俺が知らないとこで迷惑かけたみたいで、すんません」

釈然としないが、正体を隠している引け目もあってとりあえず頭を下げると、村岡《むらおか》は慌てたように首を横に振った。

「や、ごめんね。そこまで深刻にとらえないで。逆にいいこともあったんだから」

「いいことですか？」

「うん。まあとにかく着替えてきて。話はそれから」

「はい……」

よく分からないが、村岡《むらおか》の機嫌が良いのは確かのようだ。

いつも通りスタッフルームに入り、支給されたサンタ服に袖を通す。

サンタクロースは世界を代表する聖者の一人であり、サンタクロースを象徴する全てのアイコンは聖性を有する。

そのためどんな安物のコスプレグッズであろうと、サンタ服の聖性は吸血鬼にとって有害であり、袖を通すと何となく肌がチクチクするのだ。

「お？」

襟に触れる不快感に顔を顰《しか》めながらふと壁に貼り出されたシフト表を見ると、知らない名前が書きこまれていることに気付いた。

村岡《むらおか》の手書きでそこには『梁詩澪』とあった。

「新人入るのか。りょう……しれい？　違うよな、きっと」

文字の並びから推測するに、中国人だろうか。

昨今コンビニのアルバイト店員に外国人がいることは全く珍しくなく、村岡《むらおか》の店にも既に何人か、留学生アルバイトが在籍している。

よく見ると、この新人の最初のシフトは、今日の虎木《とらき》と完全に重なっている。虎木《とらき》から遅れること三十分後にスタートし、深夜帯をこの新人と村岡《むらおか》と三人で回すことになるらしい。

「いきなり深夜がっつりってすごいな。稼ぐなぁ」

自分の性質が性質なので深い友人付き合いをしているスタッフはあまりいないのだが、それでも一緒に働く人間と仲良くできればいいとは思っているので、一体どんな新人が来るのだろうと少しだけ楽しみになった。

「村岡《むらおか》さん、新人採ったんですか」

「バレちゃったか。残念」

表に出て声をかけると、村岡《むらおか》はあまり残念でもなさそうに言った。

「この時期がっつり深夜入れるっていうからさ。日本語も結構綺麗《きれい》だったし、長期でやりたいって言うから、採らない理由ないでしょ」

「バイタリティありますね。何て読むんですか？」

「梁 詩澪《リアンシーリン》さん。中国からの留学生なんだって。トラちゃんと同年代の女の子だよ」

虎木《とらき》は少し驚いた。

「女性で深夜やるんですか？」

「本人の希望なんだよ」

一般的に、コンビニの深夜勤をする女性は多くない。

接客や店舗・商品管理などの業務内容そのものに、女性に特段不利な要素があるわけではないが、現実問題として、女性がコンビニで深夜勤務をすることは防犯上のリスクが大きいと、経営者も労働者も考える傾向にある。

コンビニの深夜帯はどうしても店員一人、いわゆるワンオペで回さなければならない時間帯がある。そして店舗が置かれている様々な環境要因が絡《から》んでくるとはいえ、コンビニ強盗の実に半数が深夜零時から午前五時までの間に発生している。

警察の統計では深夜帯のコンビニエンスストアの犯罪被害件数では圧倒的に男性従業員が一

人で働いているケースの方が多いが、単純に深夜一人で女性スタッフが働いているコンビニが、それだけ少ないことの証左でもある。

「それにこの時期でしょ。経営者としては採る以外の選択肢は無いよ」

だが一方でコンビニに限らず、業務時間が深夜帯に及ぶ業種にとって、年末年始の人手不足は頭痛の種だ。

そこに深夜帯を希望する新人が現れるのは、奇跡に近い確率なのだ。

「っと、もうすぐ来るね。一応トラちゃんのこと、研修の面倒見る優しい先輩だって話してあるから、厳しくしすぎないようにね」

ここまではいつもの有能経営者の顔だったが、次の瞬間、突然険のある顔になった。

「厳しすぎないでとは言うけど、甘い顔も見せないでね。お願いだから、仲良くなって二人していきなり深夜入れなくなるとか、やめてね」

「は？」

「アイリスちゃんだっけ？　トラちゃんの彼女泣かせるようなことしたら僕キレるから」

「何でアイリスの話になるんですか。あと彼女じゃないって何度も……」

村岡《むらおか》が虎木《とらき》に向かって『彼女』と言い出したらアイリスのことなのだが、何故《なぜ》新人に関するコメントで、アイリスが出てくるのだろう。

「会えば、分かるよ」

急に不穏な気配を漂わせる村岡《むらおか》に嫌な予感を覚えた虎木《とらき》だが、その理由をすぐに理解することとなる。

それから十五分ほどして、少し緊張した面持ちで店内をうかがうように女性が入って来た。ロングのダウンコートを羽織っているその女性は、虎木《とらき》の姿を認めると真《ま》っ直《す》ぐレジに向かって来た。

「失礼します。今日からこちらでアルバイトをすることになった、梁 詩澪《リアンシーリン》と申します。村岡《むらおか》オーナーはいらっしゃいますか」

快活でありながらも艶《つや》めいた、夜の住宅街のコンビニには似つかわしくない声だった。

店内のLED照明のせいか、肩より少し下まで伸びた黒髪が、炎を思わせる青に見える。

「ああ、聞いてますよ。こちらへどうぞ」

一瞬驚いたもののすぐに立ち直った虎木《とらき》が、店内にはお客もないのでスタッフルームに案内しようとしたそのときだった。

「あのっ、もしかしてトラキさん……ですよね」

梁 詩澪《リアンシーリン》の視線が自分のネームプレートに向いていると気付いた虎木《とらき》は、社会人としての笑顔で頷《うなず》いた。

「ん？　ああそうです。梁《リアン》さんは深夜勤務希望なんですよね。俺とはシフトが重なることも多いと思うんで……」

「私、虎木《とらき》さんがいるからこちらのコンビニに応募したんです」

「これからよろし……は？」

そして社会人スマイルは、一瞬で強張《こわば》った。

「俺が、いるから？」

「はい！」

梁詩澪《リアンシーリン》は人好きしそうな明るい笑顔を輝かせながら言った。

真《ま》っ直《す》ぐ見つめてくる瞳は大きく顔立ちも美しく、これで顔でも赤らめられたら大抵の男は勘違いしそうになる笑顔だ。

出勤前にアイリスとした、男はすぐ女性ファントムに誘惑されるという話がフラッシュバックした。

「えっと、それは……」

「あ！　すいませんいきなりこんなこと！　でも本当なんです。深夜勤務やるために色々なお店を探したんですけど、虎木《とらき》さんが一番頼りになりそうだな、って」

その瞬間、虎木《とらき》は察した。

村岡《むらおか》の、あの剣呑《けんのん》な雰囲気とセリフの理由を。

「そ、そいつはどうも……。と、とりあえず村岡《むらおか》さんから初日の色々を聞いてもらおうかな」

「はい！」

虎木《とらき》はレジ横にある扉を開いて、

「村岡《むらおか》さん。梁《リアン》さん、来ました」

「はいよー。入ってもらってー」

中にいる村岡《むらおか》に呼びかけ、詩澪《シーリン》を促し中に入れる。

自分は特に裏に用はないので案内したらまた店内へと戻る。

詩澪《シーリン》がスタッフルームに入るその瞬間。

「ん」

自然なものではない、微《かす》かに甘い香りが鼻孔をくすぐった。

香水だろうか。店内に戻ろうとしてまた詩澪《シーリン》の方を振り返ってしまったが、何故《なぜ》か詩澪《シーリン》の方も虎木《とらき》を振り返っており、小さく笑顔で会釈《えしゃく》をしてからドアの向こうに消える。

虎木《とらき》が振り返ると分かっていたのだろうか。それとも単純に詩澪《シーリン》が虎木《とらき》を見送っていただけだろうか。

「……香り、ね」

伝承のファントムは、花や果物などの甘い匂いで人間を惑わす者も多い。

流石《さすが》にコンビニの店内で歌いだすことはないだろうが、吸血鬼で七十過ぎの老人である虎木《とらき》も詩澪《シーリン》が一般的な基準で美人であると認めるにやぶさかではなく、

「なるほど、闇十字《やみじゅうじ》の方針は正しい」

そんなことを思ってしまったのだった。

※

「ふ――――――――――――――――ん。それで？」

梁詩澪《リアンシーリン》が現れた翌日の午後五時。

虎木《とらき》の勤め先に現れた新人の話を聞いて、アイリスはなぜか不機嫌そうな声色で、心底興味無さそうに自分の茶碗《ちゃわん》に盛られた米を見ていた。

「人んちに押しかけてメシ食ってんなら、話し相手くらい真面目にしろよ」

「作ってるのは私だから」

「食材はうちのだろうが……何でうちでメシ食うのが常態化してんだよ。何のために隣の部屋借りたんだ」

「私があなたと食卓を囲むのは必要だからよ。昨日の活動中にシスター・ナカウラから連絡があって、あなたが無事私のパートナー・ファントムとして認められたの」

虎木《とらき》の問いにぶっきらぼうに答えるアイリスは、今日は奉仕活動のためのサンタカラーではなく、いつもの闇十字《やみじゅうじ》の修道服を纏《まと》っている。

「なんだそのゾッとしねぇパートナーシップ制度は。この間公認になったとかなんとか言ってたが、それとは話が違うのか？」

「それは単純に闇十字《やみじゅうじ》騎士団の名簿にあなたが登録されただけ。パートナー・ファントムは、騎士と一緒に聖務に出ることを認められたファントムなの。パートナー・ファントムとは監視を兼ねて定期的な交流をすることが推奨されてるの。お互い外の拠点がないんだし、隣に住んでるんだから、ご飯を一緒に食べるくらいしか交流のしようがないでしょ」

「徹頭徹尾そっちの都合だけで構成された見事な理屈ありがとうよ。だったらせめて俺の話し相手くらいしろ。俺はそっちと交流しなくたって全然困らないんだからな」

身勝手に過ぎる理屈に辟易《へきえき》しつつ、虎木《とらき》は少しコゲが多いアジの開きに箸を立てる。

「話し相手って言われてもね。職場に可愛《かわい》い女の子が増えましたなんて話を鼻の下伸ばしながらされても、どう反応しろっていうの」

「どんな生き方してればそこまで悪意に満ち満ちたフィルターが作られるんだ」

虎木《とらき》は項垂《うなだ》れながら、言い募った。

「言ったろ。変な子なんだって」

「そーね。確かに、ユラが頼りがいありそうだからなんて理由で勤め先を決めるなんて、クレイジーにも程があるわ」

「だから言ってんだろ。そんな奴《やつ》いねぇって」

「でもいたんでしょ？」

妙につっかかるアイリスを抑えるように虎木《とらき》は声を荒らげた。

「いねぇって！　何だよコンビニ店員の頼りがいって。一体何を見てそんな感想抱くんだって話だろ」

「公共料金の支払い伝票十枚渡されても一分で全部処理するとか、お弁当の温めが十人続いても五分で全部捌《さば》くとか？」

「お前コンビニバイトやったことあんのか」

妙に具体的かつ確かにコンビニ店員として頼りがいがありそうな行動を挙げるアイリスに虎《と》木《き》は笑ってしまう。

「パートナー・ファントムの身辺調査は騎士の基本行動よ。あなたに関係ありそうな要素は、ここ数日でかなり調べたから」

「正体知らなかったら、お前も十分変だからな。まぁとにかくコンビニに限らず普通の人間に、話したこともない店員に憧れるって感情は起こらないんだよ」

「別にあなたは誰もが振り返るイケメンでもないものね」

「その通りだがいちいち声に出す必要あるか。少しは年上を気遣え」

冷たく言い放たれると、理屈抜きで心がしぼむ。

「それで結局何が言いたいのよ」

「梁《リアン》さんの身辺を調べてほしい」

「は？」

　アイリスは眉根を寄せる。

「見ず知らずの俺が理由で店に勤め始めようなんて奴《やつ》、いるわけねぇんだ。身の回りにおかしいことが起こったなら、相応の警戒をする必要がある。お前も言ってたろ。横浜で確かに俺達は愛花《あいか》を撃退したが、あいつはまだ日本国内にいる。あいつを支援するファントムが国内にもいるらしいからな」

　アイリスの箸を動かす手が止まる。

「あいつがあなたに監視役を送ったってこと？」

「可能性は低いが、ゼロじゃない。あいつはわざわざ自分の居場所をリークし俺を呼び寄せた。俺があいつを追う理由ほどじゃないだろうが、あいつにも一応、俺に会う理由があったはずだ。横浜でそれが達成されたとは思えないからな」

　アイリスは箸を置くと、真剣な顔で言う。

「断定は危険なんじゃないかしら」

　アイリスの言わんとしていることは分かるが、推測に推測を重ねても仕方がないので、軽く流す。

「とにかくだ、お前と関わるようになってから、色んな奴《やつ》がそれぞれの理由で俺の周りを騒がせるからな。この間のガサ入れ見てると、お前らのファントム関連の情報管理、甘そうだし。

闇十字《やみじゅうじ》に協力する裏切り者を排除しようって奴《やつ》かもしれない」

ガサ入れのことを言われると、アイリスも弱い。

「だからそれについては申し訳ないって思ってるわよ」

「な。だから頼む。何にも無けりゃ何もないでいい。どうにも収まりが悪いんだ」

アイリスはしばらく逡巡《しゅんじゅん》しているようだったが、やがて観念したように頷《うなず》いた。

「……やれることはそう多くないわよ。せいぜい日々の行動の監視のための尾行と、住んでる場所の特定くらいかしら」

「ファントムかどうかは？」

「そこまで何か感じ取ってるの？」

「当然の警戒だ。愛花《あいか》以外にもこの世にファントムはごまんといるし、知らないうちに他人の恨みを買ってるかもしれないからな」

「分かったわよ。当分大きな戦闘を伴う聖務は無いし、相手が女性なら怖くないし」

アイリスは重度の男性恐怖症であり、ファントム相手ならいくらでも大立ち回りができるのに、人間の男相手だと会話すらまともにできなくなる。

尾行相手が女性だというのは、不幸中の幸いだった。

「悪いな。頼む」

「で、調査の結果そのなんとかさんが人間で、本当にあなたに一目《ひとめ》惚《ぼ》れして押しかけて来たって結論が出たらどうするの」

「んっ？」

虎木《とらき》は虚を突かれたように固まる。

そしてしばし黙考してから、軽く口を開いた。

「まぁ、そのときは物好きもいるもんだと思うしかないな。こっちとしても悪い気はしないから、あとはなるようにしかならないんじゃねぇか……いって！　なんだよ！」

何故《なぜ》かテーブルの下で、アイリスが足を蹴ってきた。

「イラっとしたから」

アイリスは残った食事を行儀悪くかきこむと、食器を手早くシンクの水に浸し、さっさと玄関に向かってしまう。

「なんだよ、もう帰るのか」

「調査を始めるなら早い方がいいでしょ。準備があるの。食器、洗っておいて」

「あ、ああ……」

声は低く、眉は水平になり、明らかに不機嫌そうに出て行ったアイリス。

乱暴に閉じられたドアが、外からガチャリと施錠《せじょう》されたのを聞いた虎木《とらき》は、何故《なぜ》アイリスがあんなに不機嫌になるんだとか、やっぱりアイリスがうちで食事をする理由が意味不明だとか思うよりも早く、

「何で当たり前のように合い鍵持ってんだよ」

まさかファントム管理の名目で、あの中浦《なかうら》とかいう無遠慮なシスターまで合い鍵を持っているのではないだろうか。

そんな予感に身を震わせた虎木《とらき》は、マンションの管理会社にかけあって、一日も早く鍵を換えようと心に決めたのだった。


パートナー・ファントムの家から徒歩三秒の隣にあるブルーローズシャトー雑司ヶ谷《ぞうしがや》一〇三号室に戻ったアイリスは、誰も見ていない部屋の中で口をへの字に曲げていた。

何が気に食わないのか自分でもよく分からないが、とにかく今の虎木《とらき》との会話の何かが自分の機嫌を損ねていることは確かだ。

とはいえ、虎木《とらき》の懸念《けねん》も全くの的外れではない。

室井《むろい》愛花《あいか》は『イェレイの騎士』と自分を呼んだ。

自分個人のことだけでなく、自分の家名に関わる様々なことを知っているのだろう。

日本に赴任して以降、修道騎士としてあるまじき行いが重なりすぎて叱責こそされたが、古妖《エンシェント・ファントム》ストリゴイを退けたことに関しては純粋に評価されていた。

だが虎木《とらき》の言う通り確かに愛花《あいか》を倒せたわけではなく、愛花《あいか》にとって『子』である虎木《とらき》と修道騎士が一緒に行動しているのを、あの吸血鬼は好まないかもしれないのも理解できる。

横浜の戦いで、アイリスの銀の弾丸は愛花《あいか》の心臓の一つを撃ち抜いた。

ストリゴイは複数の心臓を持っているらしいが、復活にどれほどの時間がかかるのだろう。

「街中でユラを見かけて一目惚《ひとめぼ》れしたなんて話と、アイカ・ムロイの刺客か。どっちがより得ないかって言われると……あ」

独り言でそこまで言って、アイリスは眉間にしわを寄せる。

そう言えば、虎木《とらき》に一目惚《ひとめぼ》れしたと日頃から臆面もなく口走っている知り合いがいた。

そしてその、断じて友達でも仲間でもない知り合いの顔が思い浮かんだとき、アイリスは虎《と》木《き》の気の進まない頼みを、手間を省いて遂行する方法を思いついたのだ。

アイリスはスリムフォンを取り出すと、最近登録したばかりの電話番号をコールする。

そのまま十コールほど待つと相手が出て、不機嫌そうな声が飛び出してきた。

「取ってもらえるとは思わなかったわ。ちょっと相談があるんだけど」

相手は難色を示したが、アイリスは構わず喋《しゃべ》り続ける。

「ある調査をしなきゃいけなくなったんだけど、一人だと大変そうなの。あなたにも手伝ってもらいたいんだけど」

相手の反応はごくごく冷淡だった。

もちろんアイリスも、電話の相手がこんな頼み方で承諾してくれるとは思っていない。

「残念だわ。私とあなたじゃ立場が違うものね。分かったわ。ユラの勤めるコンビニに物凄《ものすご》く可愛《かわい》い女の子の新人さんが入ったらしくて、ユラからその子の身辺調査を頼まれたん……」

次の瞬間、アイリスはスリムフォンを思いきり耳から離し、手でスリムフォンの表面を押さえた。

『ぬぁんですってえええええええええええええええええええええ⁉』

スリムフォン越しに掌《てのひら》をびりびりと振動させるほどの絶叫が飛び出し、アイリスは隣の虎木《とらき》に聞かれていないかとひやひやする。

『一体……！　一体どこの馬の骨が愛《いと》しの虎木《とらき》様の隣に立とうとしているのです⁉　吐きなさいアイリス・イエレイ！』

スピーカーホン機能を使っているのかと錯覚するほどの殺気に満ちた怒号だが、とにかくもう相手は全力でエサに食いついてくれた。

「それを知りたかったら、この後待ち合わせして、一緒にお茶でもどう？　ミハル」

虎木《とらき》を病的に慕ってやまない、日本のファントム社会の頂点に君臨する古妖《エンシエント・ファントム》ヤオビクニの子孫、比企未晴《ひきみはる》。

アイリスは未晴を至極しょうもない調査に引きずり込むことで、少しだけ胸のつかえがとれた気がした。

※

夜の九時になる少し前。

虎木《とらき》がいつもの通勤ルートを歩いていると、夜道を背後から早足で近付いてくる足音があった。

ふっと振り向くと、追いすがって来た相手がはっとなって笑顔を作った。

「やっぱり虎木《とらき》さんだ。こんばんは。あ、おはようございます」

件《くだん》の新人、梁《リアン》詩澪《シーリン》が小走りに駆け寄ってきたのだ。

「ああ、梁《リアン》さん。梁《リアン》さんもこっちの道なのか」

「はい！　って、行きの道でお話しすることじゃないですけどね。虎木《とらき》さんも？」

「確かに普通こういう話って帰りにするよな……あ」

詩澪《シーリン》が横に並んで歩き始めた途端、またあの微《かす》かに甘い香りがした。

「昨日も思ったけど梁《リアン》さん、香水つけてるんだ」

「はい。あ、もしかして香水って禁止ですか？　昨日村岡《むらおか》さんには特に何も言われなかったので、つけてきちゃったんですけど……」

はっとなった詩澪《シーリン》に、虎木《とらき》は首を横に振る。

「よっぽど強い匂いじゃなけりゃ問題ないと思うよ。ただ身の回りで香水使ってる人いなかったから、ちょっと気になって」

虎木《とらき》は口から白い息を吐きながら続けた。

「この香り好きなんですけど、私平熱が低くて思ったような香り方しないんですよ。男の人でこの香り気付いてくれた人、虎木《とらき》さんが初めてです」

初めて、という部分を強調された気がするが、そこは敢《あ》えて無視して、ロジカルな疑問をぶつけてみた。

「平熱とか関係あるのか？」

「ありますよ。強く香らせたい人は、太い動脈の近くに吹きかけますし、体温によって香りの持続時間が違ったり、トップもミドルもラストも香り方が変わりますし。あと実は手首にかけてこすりつけるのって駄目なんです。手首は体温高くないし、こすると香りの成分が壊れたりもするんで。あ、でも練り香水なんかならきちんと塗らないとだめで……」

淀《よど》みの無い、少しだけ熱の入った、こなれた解説。

練り香水なる、おしゃれ知識皆無の男の生きざまが染《し》みついている虎木《とらき》には形状の想像がつかない単語まで飛び出してきた。

「ま、まああれだ。とにかく香水は禁止されてないし、梁《リアン》さんがいいなら俺は別に気にならないからいいよ」

「気にならないって、それはそれでつけ甲斐《がい》がないですけどね」

平熱は低いらしいが、気分と口調は軽やかに跳ねる詩澪《シーリン》。

「梁《リアン》さんは香水が好きなのか？」

「最初は好きというより、必要だから覚えたんですよね」

「必要って、仕事か何か？」

「そんなところです」

香水が必要になる仕事など、それこそデパートの化粧品売り場で香水を取り扱う美容部員くらいしか思い浮かばなかった。

「でも折角使うなら、自分の好みのもの使いたいじゃないですか。それで色々試しているうちに自然と詳しくなっちゃって」

五感に強く作用するものだから、好みのものを使いたいという気持ちはよく分かるし、続けていくうちに自然と詳しくなるのも何となく覚えがある。

「日本ではそういう仕事につくために勉強してる感じ？」

「えっ？」

虎木《とらき》としては自然な会話の流れで軽く尋ねただけなのだが、何故《なぜ》か詩澪《シーリン》は虚を突かれたように目を見開き、思わず足を止めた。

「梁《リアン》さん？」

「……あ」

呼びかけられて自分が立ち止まったことに気付いたのか、すぐに我に返って歩き始めた。

「そ、そこまでじゃないですよー。詳しいっていっても自分の好きな香水のことだけだし……

でも、そっか、仕事か」

詩澪《シーリン》は小さく呟《つぶや》いてから、カラっとした口調で言った。

「あんまり今は考えられないけど、将来の夢、っていうの、いいですね」

「ん？　まぁ、そうかな」

虎木《とらき》は単に仕事の話をしただけなのだが、詩澪《シーリン》は少し大きな話としてとらえたようだ。

「虎木《とらき》さんはそういう、将来の夢って、あるんですか？」

「ええ？　俺？　そういや考えたことないな」

話が思わぬ方向に飛躍し、虎木《とらき》もつい振られた話について深く考えてしまう。

「それとも、実はもう村岡《むらおか》さんのお店の正社員だったりするんですか？」

「そういうわけじゃないけど……」

言いながら虎木《とらき》は考えてしまう。

この場で勢いよく『人間に戻る』と口走るほど間抜けではないが、詩澪《シーリン》の問いに対する答えは、今まで考えなかった、というより考えないようにしてきた類《たぐい》の問いだった。

つまりは、人間に戻った後、どう生きるか、という話だった。

「……老人ホームにでも入りたいかな」

「福祉とか介護関係のお仕事ってことですか？」

「ま、そんなとこ」

思わず口を突いて出た言葉を詩澪《シーリン》は都合よくとらえてくれたので、適当に相槌《あいづち》を打って話を煙《けむ》に巻《ま》いた。

そうこうしているうちにあっという間に店の灯《あか》りが見えてきて、暗い外からは雑誌コーナーを整えている村岡《むらおか》の姿が見て取れた。

「それじゃ、今日もよろしくお願いしますね？　先輩」

「ああ、よろしく」

話していると自然と距離が近付くような人懐《ひとなつ》っこい詩澪《シーリン》に苦笑する虎木《とらき》。

「将来の夢、か」

思いがけずヘヴィな話題になったが、別にそれで何が決まるわけでもない。

虎木《とらき》が気持ちを仕事モードに切り替えて、詩澪《シーリン》と並んで自動ドアの光の奥に吸い込まれていく様子を……。

「………………………………………………………なぁにが」

光を失ったどす黒い視線とともに、冬の底から生まれた声が見送った。

「ぬわぁにが『よろしくお願いしますね？　先輩』ですかこの泥棒猫がぁぁ……」

「ミハル、ミハル、ミハル、殺気。殺気が出てる」

夜の住人である吸血鬼よりも闇の深い気を全身から立ち上らせた比企未晴《ひきみはる》は、ろくろ首の如《ごと》く首だけ伸ばして詩濡《シーリン》に噛《か》みつかんばかりの顔をしている。

その後ろでひきつった笑みを浮かべて未晴《みはる》を引き留めているのは、街に溶け込むようなマットなチャコールグレーのロングコートを羽織ったアイリスだった。

「アイリス・イエレイ。私が許可します。あの泥棒猫を即刻始末しなさい。あれは悪辣なファントムです」

「ミハル、待って。落ち着いて」

「虎木《とらき》様の将来はもう決まっています！　私の籍に入って比企《ひき》家の財産で悠々自適に暮らしていただくんです！」

「それはそれでどうなの」

アイリスは、気の迷いで未晴《みはる》に声をかけてしまったことを後悔しつつあった。

だが今の様子を見ると、未晴《みはる》が後からこの事実を知った場合、きっと自分の関与できない場所で惨劇が起こっていただろうとも思い、複雑な気持ちになる。

「私がユラに頼まれたのは彼女の身辺調査よ。あんまり血の気《け》の多いこと言わないで」

「始末してしまえば調査の必要もなくなるでしょう」

「映画のマフィアだってそんなこと言わないわよ」

日頃から和服を常用している未晴《みはる》の今日の装いは薄鼠色《うすねずいろ》の落ち着いたものだったが、冬の和装特有の黒い長手袋が、未晴《みはる》の悪役感をより強めている。

「それで、本当のところどう？」

「ファントムかどうかということなら、遠巻きに見ていても分かるはずがないでしょう。街中のほとんどのファントムは人間と変わらない外見をしてるんですから」

「まぁ、確かにね」

洋の東西を問わず多種多様なファントムが存在するが、現代社会に溶け込むファントムの多くはホモ・サピエンスと見た目の区別がつかない。

アイリスが虎木《とらき》と知り合った過程で出会った狼男《おおかみおとこ》・相良《さがら》のように、ファントムとしての姿を隠しているケースもあるが、彼がその姿を現すまで、虎木《とらき》もアイリスもファントムだとは全く気付けなかった。

「大体、虎木《とらき》様が絡《から》んでいなければこんなことしている場合ではないんです。この時期はファントムに絡《から》むトラブルは多いのですから」

「やっぱり日本でもそうなの？」

アイリスは白い息を。未晴《みはる》は黒い息を吐いている。

「年の瀬は思いつめたファントムが短慮な行動に走ることが多いのです。やはり、クリスマスが良くないのでしょうね」

「吸血鬼でもない限り、そこまで十字架に強く影響されないでしょ？」

アイリスがそう尋ねると、未晴《みはる》はじっとりとした目でアイリスを睨《にら》んだ。

「これだから人間は」

「何よ」

「私達ファントムは、ただでさえ人の世の闇に隠れて生きる存在なのですよ」

「はぁ」

日本で最も有名なランドマークの一つ、サンシャイン60内にオフィスを構え、一般庶民には想像もつかない金額のお金を自由に扱い、和服を常用し豪華客船のハイクラスチケットを即日手に入れる未晴《みはる》が『闇に隠れて生きている』というのは、何か違う気がする。

「ただでさえ生活が困窮しがちなのに、世の中はクリスマスだ新年だと浮かれ騒いでいるのです。鬱屈し、世を儚《はかな》んでやけっぱちな行動に出る者がいてもおかしくないでしょう」

「それファントムがどうとか関係ある？」

アイリスの突っ込みを、未晴《みはる》は無視した。

「現実に、毎年年末になると比企《ひき》家が把握しているファントムも犯罪に巻き込まれたり、犯罪に走ったりすることが多くなります。この十二月も、二十三区内だけで十件以上、ファントムが関わる犯罪が発生しています」

「そうだったの……」

「ですから、あなたの呼び出しであっても来ざるをえませんでした。愛《いと》しの虎木《とらき》様が不逞《ふてい》のファントムのせいで犯罪被害に遭うなどと考えたら、もう胸が張り裂けそうで……」

黒き嫉妬に塗《まみ》れた怪物と化したかと思えば、悲劇のヒロインが如《ごと》くその場でよよと泣き崩れんばかりに歯嚙《はが》みしたりする。

虎木《とらき》や中浦《なかうら》は何だかんだ言いながらも未晴《みはる》を高く評価しているが、彼女が普段の仕事をどんなテンションでやっているのか非常に気になるところだ。

「ユラも災難ね」

「何か言いましたか」

「ううん。何も。それで、この後どうする？」

「あの泥棒猫の名は、なんといったかしら」

「リアン・シーリンよ」

「私も忙しい身ですし、これからあの泥棒猫の勤務が終わるまで張り付いているわけにもいきませんわ」

「どうして名前聞いたの」

「だから、今日の偵察は短期決戦で参りましょう。行きますよ」

「へ？　行くって……？　ちょっと、ミハル⁉」

アイリスの問いには答えず、未晴《みはる》はすたすたとフロントマート池袋東五丁目店へと向かってゆく。

「もし泥棒猫がファントムでないのなら、虎木《とらき》様が行きずりの人間の女など相手にするはずがありませんし」

追いすがるアイリスを振り向いて、未晴《みはる》は冷たく微笑《ほほえ》んだ。

「お茶をするのでしょう？　コンビニのイートインコーナーというのも、たまには乙なのではありませんか？」

「……えっ⁉　あ、ちょ！」

未晴《みはる》はアイリスの返事も聞かず、コンビニへと入って行ってしまった。

未晴《みはる》に向けて伸ばした手を下ろすこともできず、

「いやぁ……」

諦めて、後に続いて店へと入って行ったのだった。

※

虎木《とらき》は、視線をただ真《ま》っ直《す》ぐレジの目の前のガム・キャンディコーナーに向けて直立不動の姿勢を取っていた。

理由はもちろん、レジの内側から見て右手にある、イートインコーナーを見ないためだ。

そうでないと、吸血鬼の血の瞳の力が発動してしまいそうだったから。

「やっぱり怒ってるわよ」

「サンタ服は虎木《とらき》様にとって有害なのです。きっと肌がお辛《つら》いのでしょう。何かに耐えるように厳しく口を引き結んだ虎木《とらき》様も素敵です」

アイリスと未晴《みはる》はさすがに小声で、イートインコーナーの隅で湯気のくゆる『フロントかふぇ・まろやか抹茶ラテ』をちびちびとすすっている。

虎木《とらき》はもう一つのレジの陰で、宅配便の伝票の束に受付店名を書いている、やはりサンタ服姿の詩澪《シーリン》を横目でちらりと見る。

彼女のことを調べてくれと言ったのは確かに自分だし、接触する機会はこの店か通勤経路しかないわけだから、いつかはアイリスが直接店に来るだろうことを予想はしていた。

していたが、まさか即日、しかも未晴《みはる》を伴っているのはさすがに予想外だった。

「あいつら仲悪いのか仲良いのかどっちなんだよ……」

「虎木《とらき》さん？　どうしたんですか？」

レジの中で屈《かが》みこんで書き物をしていた詩澪《シーリン》がふと虎木《とらき》を見上げる。

「いや何も。ああ、宅配伝票書き、それくらいでいいよ。元払いと着払いで三十枚ずつくらいあれば十分だから」

「はーい。うー、背中痛い」

体を持ち上げた詩濘《シーリン》が大きく伸びをする。

虎木《とらき》は何げなく詩濘《シーリン》が書いた伝票の一枚を手に取った。

新人研修中の雑用の一環として、宅配伝票の取り扱い店の項目にフロントマート池袋東五丁目店と書くだけだし、同じ漢字文化圏出身なので特に不安には思っていなかったが……。

「梁《リアン》さん、字、上手《うま》いな」

宅配便伝票の取り扱い店の項目のスペースは、大体半端《はんぱ》に取られている。

特にこの店のように文字数が多かったりすると、適当に書いていると全文字がマスに入らなかったりする。

だが詩濘《シーリン》の字はカタカナと漢字のバランスがとれており、マスからかすかにはみ出してはいるものの、意図して全体のバランスを取っていることがはっきり分かる書き方をしていた。

「そうですか？　ありがとうございます。まだ日本の漢字は勉強中なんですよ。難しくて。あ、いらっしゃいませー」

そのとき店の自動ドアが開き、新たな客が入って来た。

大学生と思《おぼ》しきその客は籠に沢山の缶チューハイやおつまみを入れて、意図して詩濘《シーリン》がいるレジを選んだ。

「いらっしゃいませー」

詩濘《シーリン》は、レジ操作でややまごつく瞬間はあったものの、袋詰めに淀《よど》みは無く、重量のあるお酒の缶も袋が破れないぎりぎりの塩梅《あんばい》を見極めて見せた。

「ありがとうございましたー」

そしてお客との距離間を意識した適度な発声、自然な笑顔。

「前にもコンビニとかスーパーとかやってた？」

袋詰めは、きちんと学んでいないと意外と難しい。

割りばしやプラスチックスプーンなどお客のときには当たり前に享受していた付属物の扱いも、いざ店員になると最初のうちはどれに何をつければいいか分からず混乱するものだ。

だが、詩澪《シーリン》の手際《てぎわ》には、そういった初心者特有のものが見られない。

「実はコンビニ、初めてじゃないんです」

「へー。まぁそれなら俺は教えること少なくて楽できていいな」

「レジ周り操作やカウンターＦＦとかは店ごとに全然違って分からないですから、よろしくお願いしますね？」

詩澪《シーリン》がそう言って軽く虎木《とらき》の左の二の腕を叩《たた》き、

「分かってるって」

虎木《とらき》も苦笑して頷《うなず》き、

「ツッツ‼」

「……待……落ち…………！」

その瞬間なぜかイートインコーナーで椅子が派手に倒れる音と、抑えた言い合いの声が聞こえたが、虎木《とらき》は詩澪《シーリン》の視界を塞ぎ全力で無視した。

「な、何か今大きな音しませんでした？」

「いいや？　大丈夫そうだぞ？」

虎木《とらき》が顔だけ振り向くと、そこには憤怒《ふんぬ》の形相を湛《たた》えた未晴《みはる》と、それを羽交い絞めにしているアイリスの姿があった。

虎木《とらき》は顔だけで、

『未晴《みはる》を止めないと後で詰める』

とアイリスを脅し、アイリスも必死の形相で頷《うなず》いていた。

とはいえ、アイリスが未晴《みはる》を連れてきた迂闊《うかつ》さに顔をしかめつつも、別の意味で虎木《とらき》は安心もしていた。

未晴《みはる》の東日本のファントム勢力を牛耳る比企《ひき》家の一員としての仕事は確かだ。

その未晴《みはる》が普段通りなら、詩澪《シーリン》は特別警戒するような相手ではないということでもある。

「おー、梁《リアン》さん、宇綺麗《きれい》だねー」

そこに、目の下にクマを浮かべた村岡《むらおか》がスタッフルームから現れた。

「ありがとうございます。今虎木《とらき》さんにも褒めてもらいました！」

「そっか。抜け目ないね」

「村岡《むらおか》さん？」

新人スタッフが先輩から受けた指導に対する経営者の評価として極めて不適当な返事をしてから、村岡《むらおか》はスタッフルームを指さした。

「あーそれでさ、ごめん梁《リアン》さん、昨日書いてもらった誓約書、僕間違えて前年の書類出しちゃったんだ。名前書くだけだけど、今大丈夫だったら裏に来て書き直してもらっていい？　あと昨日説明できなかった防災・防犯マニュアルについて、管理者の僕から口頭と書類の両方で周知しておかなきゃいけないから。トラちゃん、少しの間一人で表お願い」

「あ、はい、分かりました」

「あの、大丈夫ですか村岡《むらおか》さん」

詩濡《シーリン》も虎木《とらき》も、浮いたクマと微妙に焦点の合わない目。そして妙な早口の村岡《むらおか》の様子を心配したが、村岡《むらおか》は力なく首を横に振った。

「大丈夫大丈夫。今のうちに梁《リアン》さんに教えられること全部教えちゃいたいんだ。そんで、今年こそ僕は、携帯電話の電源を切ったまま年明けを自宅で迎えるって夢を達成するんだ」

「はぁ……じゃあ、梁《リアン》さん、俺は大丈夫だから行ってきて」

「わ、分かりました。あの、オーナー、足元、大丈夫ですか。靴の紐《ひも》ほどけてますよ」

「ふふふ、大丈夫だよ、今年こそ僕は歌合戦を生で全部見るんだ……」

痛ましい背中を追って詩濡《シーリン》がスタッフルームに消えると同時に、

「虎木《とらき》様っ！」

鼻息荒い未晴《みはる》が、レジの前に飛び込んできた。

虎木《とらき》はイートインコーナーでタバコの箱より小さくなっているアイリスを横目で睨《にら》みながら、精一杯の愛想笑《あいそわら》いをした。

「……悪いな未晴《みはる》。アイリスが巻き込んだんだろ」

「そんなことはいいのです！　あの女に何かされませんでしたか！　お体に異常は⁉」

「サンタ服がちょっとかゆいだけだ。あと監視カメラ映ってんだから変な行動は控えろ」

「あの女、虎木《とらき》様に馴《な》れ馴《な》れしく接する無礼な振る舞い……比企《ひき》家の関連企業にいたら、即刻どこかに飛ばしてやるところです！」

「結構裏に声通ってるからな。いや本当、アイリスには話してんだけど、愛花《あいか》の件があったろ。それでちょっと身の回りの変化に敏感になってるだけで、何か具体的な問題が起こったわけじゃないから……あ、いらっしゃいませー」

そのとき、新たな客が自動ドアから入ってきて、虎木《とらき》がそれに反応し、今にもレジを乗り越えんばかりの勢いだった未晴《みはる》も一旦落ち着いて、名残り惜しそうにイートインコーナーに下がってゆく。

新しい客は、鍔《つば》のある帽子を目深《まぶか》にかぶり、マスクをし、暗い色のダウンジャケットのポケットに手を突っ込み、背中を丸めて真《ま》っ直《す》ぐ虎木《とらき》のいるレジへと向かって来た。

公共料金や水道電気ガス電話代などの払い込みや、通販商品や宅配便などの受け取りで、入店してすぐにレジに向かうお客は非常に多い。

なので虎木《とらき》は無意識に領収証に押すスタンプを手元に寄せ、レジのタッチパネルでキーの位置を確認した。

「いらっしゃいませー」

お客はポケットに手を突っ込んだままだったが、公共料金の払い込み証を粗雑に扱うお客は案外多い。

ポケットの中でぐしゃぐしゃになった払い込み証が出てくるのかと考えた虎木《とらき》の前に、

「か、金を出せっ！」

弱々しく震える脅しの声とともに、刃の飛び出た大きめのカッターナイフが突きつけられていた。

虎木《とらき》は予想外の事態に一瞬目を見開き、思考が停止してしまった。

ファントムとの戦いには幾度となく接してきた虎木《とらき》だが、村岡《むらおか》の店に勤めて以来、仕事の上でも日常生活の上でも、犯罪被害に遭うことは一度もなかった。

そのため吸血鬼の虎木《とらき》をして、店に強盗が現れるという異常事態に戸惑ってしまった。

そしてその一瞬が、命取りになった。

強盗の。

「ふっ！」

イートインコーナーから聞こえた気合いの声とともに、虎木《とらき》と強盗の間を小さな何かが通り抜け、それは鈍い音とともに強盗の手からカッターナイフを弾《はじ》き飛《と》ばした。

「あ、え⁉」

イートインコーナーから、アイリスが対ファントム用の武器である白木の針……ではなく、抹茶ラテをかきまぜるための木のマドラーを、常に携帯している聖槌《せいつい》リベラシオンで発射し強盗のカッターに叩《たた》きつけたのだ。

自分の手からカッターが消えた理由が分からない強盗が慌てふためいているその隙は、

「あいでででで‼」

「コソ泥風情《ふぜい》が……よくも虎木《とらき》様に向かってナメたマネをしてくれましたね……」

古妖《エンシェント・ファントム》ストリゴイを相手に大立ち回りを見せた未晴《みはる》にとっては、赤子の手をひねるよりも容易《たやす》く突ける隙であった。

強盗の腕を捩《ね》じり上げ、足を払い、体勢を崩した背中に膝を入れ、地面に押さえつける。

そこまで来てようやく、虎木《とらき》は我に返った。

「あ、そ、えっと、あれだ、こういうときは通報、通報だな、うん！」

虎木《とらき》はレジ裏の、従業員しか場所を知らない警備会社と警察直通の緊急通報ボタンを押す。

緊急通報されたことは裏にいる村岡《むらおか》にも伝わっているはずだが、それでも虎木《とらき》はスタッフル

ームに大声で呼びかけ、

「村岡《むらおか》さん！　ちょっと！　あ、梁《リアン》さんはそのまま裏にいて！　村岡《むらおか》さん！　村岡《むらおか》さん！」

「仰《おつしや》って下されば、今すぐにでもこの無礼者を再起不能にいたします」

「人間の強盗相手にそんなことしたらお前が捕まるっての！　それ以上危害を加えるなよ！　肩とか外すなよ⁉　頼んだぞ！」

隙あらば虎木《とらき》に刃を向けた強盗を人事不省にしようとする未晴《みはる》を宥《なだ》め、人生初の強盗対応に奔走せざるを得なくなった。

「虎木《とらき》さん？　一体何が……えっ⁉　お、お客さんですか⁉」

そのとき、騒ぎに気付いたのか、なぜか詩澪《シーリン》が顔を見せ、レジの前で和服の女性が男を組み伏せているのを見て、ぎょっとして身を引く。

「梁《リアン》さんは危ないからしばらく出てこないで！　村岡《むらおか》さんは⁉」

「え？　あ、あの、座ったまま眠っちゃって……」

「はあ⁉　叩《たた》き起《お》こして！　気の毒だけど！」

本心からそう思ってはいるものの、やはり経営者である以上矢面に立ってもらわねばならない。

「は、はい。む、村岡《むらおか》さんっ！」

詩澪《シーリン》が再びスタッフルームの中に戻った後、虎木《とらき》はつい店内に掲げられた時計を見た。

現在、午後十一時少し前。

警察官僚の家族がいても、店舗内でスタッフとして犯罪被害に遭ったことはさすがに初めてだった虎木《とらき》は、不安そうに呟《つぶや》く。

「……朝までに帰れるよな、これ」

「いざとなれば私が全てを丸く収めて見せますわ。そら、大人しくしなさい！」

「いでででででで!!」

「物理的に丸くしようとすんな！」

小さく呟《つぶや》き、その呟《つぶや》きを手早く拾った未晴《みはる》に新たに釘《くぎ》を刺しながら、遠くから近付いてくるパトカーのサイレンの音を聞いたのだった。

※

従業員にケガはなく、犯行は未遂、しかも犯人が私人逮捕されてしまったということで、店の被害は皆無だった。

とはいえ強盗が虎木《とらき》に向かって刃物を構える姿と、その男を体術で制圧した未晴《みはる》の姿は防犯カメラにばっちり映っており、そのことについて虎木《とらき》と未晴《みはる》、そして店舗責任者の村岡《むらおか》が警察から聴取を受けることになった。

アイリスは、やってきた警官が全員男性であったことと、リベラシオンを携帯していることについて何か言われたときのことを恐れてずっと冷や汗をかいていた。

だが警察官は終始好意的で、アイリスのその態度をたまたま強盗未遂事件に遭遇した被害者が怯《おび》えていると解釈してくれたようだ。

カメラの映像に、アイリスがマドラーを撃ちだした瞬間やマドラーがカッターに当たったことが、常識を超えた速度であったため捉えられていなかったのも大きく、警察と村岡《むらおか》は、緊張した強盗が勝手にカッターを取り落としたものと解釈したようだ。

未遂とはいえ強盗事件が起こった以上、店の営業も一時停止せざるを得ず、事件に直接接していないと警察に判断されたアイリスと詩澪《シーリン》は、身分証を確認された後に帰宅を許可された。

「……えっと」

「はい、あの……どうも」

そして結果としてイングランド人のアイリスは、パトカーの赤色灯に照らされたフロントマート池袋東五丁目店を背後に、実に日本人的であいまいな笑顔を浮かべながら、中国人である梁《リアン》詩澪《シーリン》と向かい合っていた。

「た、大変でしたね……」

「そ、そうですね……」

虎木《とらき》から詩澪《シーリン》のことを調べてくれとは言われたものの、こんな形で二人きりになるとは思いもしなかった。

そしてたとえ裏事情が無かったとしても、このシチュエーションは単純に気まずい。

「そ、それじゃあ私、これで……」

アイリスは曖昧な笑顔を浮かべたまま、とにかく今日のところはこの場を去ろうとする。

こんな特殊な状況では詩澪《シーリン》の正体がなんであれ日常の行動をするとは思えず、内偵は困難だとの判断だったが……。

「あの、ちょっと待ってください」

だが、詩澪《シーリン》の方から呼び止められ、アイリスは身を竦《すく》ませてしまった。

「はいっ⁉」

「あの……聞き違いだったらごめんなさい。アイリスさん……ですよね」

「え、ええ。あなたは、シーリンさん、よね」

警察から名前を一人一人確認されていたので、そう尋ねられること自体はおかしくないのだが、

「はい。それで、あの、アイリスさん、村岡《むらおか》オーナーから『トラちゃんの彼女さん』って呼ばれていませんでしたか？」

流石《さすが》にこれは、どう答えてよいか分からずアイリスは口が回らなくなる。

「虎木《とらき》さんと親しくされているんですか？」

「ん～っぬぇっ……とぉ……」

この瞬間、アイリスの脳内では様々な考えが駆け巡った。

自分は『トラちゃんの彼女』などでは断じてない。詩澪《シーリン》がフロントマート池袋東五丁目店の関係者でなければ、即座に否定しただろう。

だが、詩澪《シーリン》がこの店の従業員である以上、オーナーの娘である村岡灯里《むらおかあかり》といつ接触するか分からないという事実が、アイリスを縛った。

村岡灯里《むらおかあかり》はオーナーの一人娘で、虎木《とらき》はもちろん村岡《むらおか》の店の従業員のほとんどと顔なじみらしい。

村岡《むらおか》の妻、つまり灯里《あかり》の母は、アイリスが虎木《とらき》と知り合ったときにはワーカーホリックの夫に愛想《あいそ》を尽かして家を出てしまっていた。

灯里《あかり》は父親の肩を持ってしまったため家庭が崩壊した責任の一端が自分にあると考え、生活が荒れ始め、ファントムが主催する音楽イベントに通い詰めるようになってしまった。

アイリスとはそこで知り合い、アイリスは灯里《あかり》の頑《かたく》なな心を和らげるために、虎木《とらき》とただならぬ関係にある、という灯里《あかり》の推測を否定しなかった。

その後、灯里《あかり》は両親とわずかながら歩み寄る機会を得たものの、未《いま》だ母親は家に戻らず、ここでうっかり詩澪《シーリン》相手に虎木《とらき》との親交を否定してそれが何かの形で灯里《あかり》に伝わってしまった場合、灯里《あかり》の心に『嘘《うそ》をつく大人』の身勝手な黒い染《し》みをつけかねない。

「まぁ、そのぉ、そうですかね」

結果、アイリスは詩濡《シーリン》の問いに、実に消極的ながら肯定の姿勢を見せた。

「この近くに住んでるんですか？」

「……そ、うね。すぐ近く、うん」

灯里《あかり》との顛末《てんまつ》を考えると、これも嘘《うそ》はつけない。

「その、よければ一緒に帰りませんか。夜遅いですし、私、ちょっと怖くて」

単なる自己紹介だけになるかと思いきや、思いがけない申し出に、アイリスは即座に返事をしていた。

雑司《ぞうし》が谷《や》は古くからの住宅街が多く、道は狭く入り組んでおり夜間の人通りも少ない。

詩濡《シーリン》の家を突き止めるのには彼女を尾行するより他なかったが、スタート地点のコンビニが非常に尾行がしづらい場所にあるため、アイリスは頭を悩ませていたのだ。

だが、一緒に帰るのなら、堂々と家の前まで送ってやれるではないか。

「いいわよ。家、どのあたりなの？」

「ありがとうございます。すぐ近くです。歩いて十分くらいで」

詩濡《シーリン》はほっとしたように、屈託のない笑顔で微笑《ほほえ》む。

そのあまりの邪気の無さと東洋的な美しさ、そして側《そば》に立って気付く微《かす》かな甘い香りにアイリスは一瞬息を呑《の》んだ。

「じゃ、じゃあ、行きましょうか」

「はい」

アイリスが促すと、詩澪《シーリン》が率先して移動を始め、アイリスは半歩遅れて詩澪《シーリン》に続く。

横並びに歩くと、詩澪《シーリン》の方が少しだけ背が高い。

伸びた背筋と真《ま》っ直《す》ぐ前を見るその美しい姿勢は日頃の意識の賜物《たまもの》だろうか。

未晴《みはる》も和服を常用しているせいか非常に姿勢が良いため、アイリスはなんとなく自分も背筋を伸ばして歩かねばという気持ちになってしまう。

「アイリスさんは、どちらからいらしたんですか？」

「イングランドよ。あなたは？」

「私は上海《シャンハイ》です」

「上海《シャンハイ》かぁ。私、中国には行ったことないの」

「私も英国には行ったことないですね。一度行ってみたいと思ってますけど」

夜の東京の住宅街を、イングランド人と上海《シャンハイ》人が、日本語で当《あ》たり障《さわ》りのない話題を交わしながら抜けてゆく。

「それにしても、これほど平和な国でも強盗ってあるのね」

「テレビでも毎日、何かの犯罪のニュースは流れてますからね。実は私、職場で強盗に遭うの初めてじゃないんです」

「そうなの!?」

思いがけない告白に、アイリスは真剣に驚いた。

「どんな国でも、あるところにはあるんですよ、きっと」

「それは、そうなのかもね」

「でも、村岡《むらおか》さんのお店では、虎木《とらき》さんがいるから安心かな、って。さっきも虎木《とらき》さん、全然動じてなくて、素敵だったなぁ」

詩澪《シーリン》の声色が若干浮かれ気味になり、横顔も幸せそうに微笑《ほほえ》んでいる。

虎木《とらき》はあり得ないと断言していたが、まさか詩澪《シーリン》は、本当に虎木《とらき》に一目《ひとめ》惚《ぼ》れして池袋東五丁目店にやってきたのだろうか。

「え、あ、そう」

疑念が声に出ていて、それをどう勘違いしたものか、詩澪《シーリン》ははっとなって慌てて首を横に振った。

「あっ。ごめんなさい。私、彼女さんの前で変なこと」

確かに本物の彼女の前でなら迂闊《うかつ》な発言だったかもしれないが、そんな事実はなく、それでもその事実があるかのように振る舞う必要があるアイリスは歯を食いしばって自らの設定を演じ続けた。

「んっんーその、本当に全っ然気にしないでいいんだけど……その、ちょっと聞いていい?

ユラの、どこらへんが頼りがいありそうなの？」

「彼女さん的には、あんまりそんな感じじゃないんですか？」

「かっ……彼女さん的にはぁ、そうね、そういうとこも、まぁ、無くはないけど、ねぇ」

出会いのきっかけや、押しかけ居候《いそうろう》だった間の度量の広さを思えば確かに頼りがいはある方だとは思うが、あの性質はコンビニの接客中に発揮されるものでもない。

「何ていうんでしょう。落ち着き、ですよね。あと、結構筋肉質で運動できそう」

見た目は二十代前半だが本当は七十代の虎木《とらき》は『同年代』の男に比べればはるかに落ち着いているだろうし、吸血鬼故の運動能力と本人の日頃の節制の賜物《たまもの》か、確かに細身ながら筋肉質ではある。

「あー……まぁそれは、うん、そうかも、ね」

「ご結婚とか、考えられてるんですか？」

アイリスの脳と耳には、詩澪《シーリン》の話が突然明後日《あさって》の方向に飛んだようにしか思えなかった。

だからつい、

「誰が？」

と尋ね返してしまった。

「虎木《とらき》さんとですよ」

「ユラと、え？　あ、私？」

そしてようやく、自分と虎木《とらき》が恋人関係にあるという話の延長線上の、将来の話をされているのだと気付き、アイリスは、

「え、あ、え、その……」

想定を超えた問答に思考がオーバーヒートしてしまう。

あり得ない。

そんなことは絶対にありえない。

吸血鬼と修道騎士が、お互いを人生のパートナーに選ぶなど。

決して。

あってはならない。

もし、そんなことが起こったら……。

「アイリスさん、アイリスさん？」

「……うぇ？」

「すいません、知り合ったばかりなのに、無遠慮に立ち入ったことを」

「あ、ええ、うん」

「私、異性とのお付き合いってすごく慎重になって重く考えてしまうんです。恋愛とかあまり考えられる環境に無かったので、そういうことに疎《うと》くて」

「あ、ああ、そういうこと……」

アイリスは止まっていた息を吐き出し、ぱたぱたと自分の頬をあおぐ。

夜でなければ、オーバーヒートした思考と、記憶の奥底の微《かす》かな光のせいで赤くなっている顔に気付かれてしまっていただろう。

「シーリンさんのご実家って、大きな会社とか、官僚とかだったりするの？」

「ええまぁ。そんな風に思ってもらえたら」

聞けば聞くほど、どこかで聞いたことのあるような話ばかりだ。

未晴《みはる》は詩澪《シーリン》の虎木《とらき》に対する態度が馴《な》れ馴《な》れしいと怒っていたが、箱入りお嬢様だったのなら、人との距離の詰め方が早いこともあるだろう。

少なくともここまでの会話の中でなら、虎木《とらき》との関係性で嘘《うそ》をついて態度が一貫しないアイリスの方がよほど不審だった。

「でも、よくご両親が許してくれたのね」

「……ええまぁ。日本は治安がいいですし」

微《かす》かな言《い》い淀《よど》みがあったが、アイリスはそれに気付かなかった。

「強盗事件の後に言うことじゃないかもしれないけどね」

「でも上海《シャンハイ》じゃ、こんな夜中に路地裏を女の子だけで歩くなんて考えられませんから」

「それはロンドンも一緒ね。ロンドンの裏路地の街灯って大体オレンジ色なのよ。私子供のころ、あの色が怖くて」

「分かります。上海《シャンハイ》もだいぶLEDに変わりましたけど、今でもオレンジは多いです。何であの色使うんでしょうね。日本に来てから白いライトばっかりで驚きました」

オレンジ色のナトリウムランプには、空気中の水分やチリで乱反射しにくかったり、虫が寄りにくい波長だったり、コストが安かったりとメリットが多い。

更に、暗い空間にあるものの境界をくっきり浮き立たせる色であるため街灯としては非常に優秀なのだが、夜の闇を恐れる子供にとっては、オレンジ色の光に照らされて影になった部分がより恐ろしいものに見えたのだろう。

「私は日本に来たばかりだけど、シーリンさんは長いの?」

母国を離れた異邦人同士、その問いはごく自然なものだった。

だがその瞬間、夜の白い街灯の下の詩澪《シーリン》の表情が、遠くを見るような目つきになった。

「……私は……そこそこ長いです」

「ユラから、学生さんって聞いたわ」

「はい。今は冬休みなんです。アイリスさんは……」

「私は仕事。福祉関係なの」

　社会や環境、困っている人のためになる仕事、という広範な意味において修道騎士の聖務は福祉と言えるし、この回答は多くの修道騎士が最初に学ぶ想定問答でもあった。

「福祉！　じゃあ虎木《とらき》さんが将来考えてる仕事と一緒ですね！」

「…………そんなこと、言ってたの？」

　絶対に何か誤解しているかと思うが、それでも『虎木《とらき》と一緒』と言われたことに動揺し、また答えに詰まってしまった。

「あ、着きました、ここです」

「……」

　ふと詩澪《シーリン》がそう言って見上げたのは、すっきりした外観の建物だった。

　建物のサイズが周辺の一軒家より少し大きい程度だったので、生まれは上海《シャンハイ》でも今は家族ごと日本に住んでいるのかと一瞬想像したが、

「シェアハウスなんですよ」

　詩澪《シーリン》が先回りして疑問に答えてくれる。

「最近引っ越してきて、家賃も安いし気に入ってるんです。一人一人のスペースは狭いから、友達は呼べないですけどね」

　シェアハウスと聞くと、なるほどベランダ部分に仕切りがあったりして、集合住宅のような

雰囲気が見て取れた。

一見して窓は住宅用の量産品であり、目張りをされているようなところもなく、灯《あか》りも疎《まば》らについている。

シェアハウスなら虎木《とらき》のように日中長時間浴室を占有するようなこともできないだろうし、詩澪《シーリン》が吸血鬼であるという可能性だけは考えなくてよさそうだ。

もちろんこのシェアハウスに住んでいる者全員がファントムであればその限りではないが、いくらなんでもその想像は飛躍しすぎている。

「すいません、ここまで送っていただいて、ありがとうございました。アイリスさんは……この後大丈夫ですか？」

一緒に帰ると言ったものの、ここで詩澪《シーリン》がいなくなればこのあとはアイリスも女性の深夜一人歩きになる。

ごくごく普通の気遣いをする詩澪《シーリン》に、アイリスは明るく首を横に振った。

「大丈夫よ。私の家もここから……多分近いし」

自分の地理感覚への自信の無さが一瞬首をもたげるが、立場上アイリスはその不安を無理やりねじ伏せた。

「私もユラのお店はたまに立ち寄るから、会えたらまた会いましょう」

「はい。ありがとうございます。失礼します」

礼儀正しくお辞儀をして、詩濡《シーリン》は建物の中に姿を消した。

冬の切り裂くような夜風が二人の間を走り、甘い香りがアイリスの鼻腔《びこう》をくすぐる。

これまで気付かなかったが、これが出勤のときに虎木《とらき》に熱心に語っていた香水の匂いだろうか。

「香水くらい誰でもつけるわよね。ミハルも、近くに寄るとちょっと甘い香りするし」

言いながらアイリスは、なんとなく建物全体を見回す。

アパート名などは掲げられてはいなかったが、すぐそばの電柱に住所表記があったのでそれをスリムフォンで撮影した。

それからワンブロック離れたところで少しの間建物を見張っていたが、目につく範囲で詩濡《シーリン》が帰宅したと分かるような照明がついた部屋はなかった。

「反対側には、ちょっと回れないわね」

恐らく詩濡《シーリン》の部屋は道に面していない側なのだろう。

「ファントムらしい気配は全く無い。ユラの考えすぎかしら……ふぅ」

そう結論づけたアイリスは、狭い路地を通り抜けて鋭さを増した冬の風に身を震わせる。

ロンドンは札幌《さっぽろ》よりも高緯度にあるが、冬の寒さという意味では東京より故郷の方がもう少し穏やかな印象を受ける。

虎木《とらき》の考えすぎという結論が確定した場合は、詩濡《シーリン》は本当に虎木《とらき》に事実上一目惚《ひとめぼ》れしていることになり、それはそれで若干腑《ふ》に落ちないことは腑《ふ》に落ちないのだが、人の内心ばかりは他人がいくら考えたところでどうにもなるものでもない。

「とりあえず家は確認できたし、私の印象じゃ普通の人間だし、これ以上は張り付いていなくてもいいかな。帰ろ」

そう独《ひと》り言《ご》ちて一歩踏み出し、しばし周囲をきょろきょろと見回す。

「……」

ブルーローズシャトー雑司《ぞうし》ヶ谷《がや》の近くであることは間違いないのだが、細かい路地は方々にランダムに伸びており、真《ま》っ直《す》ぐ帰れる気がしなかった。

「コンビニまで戻ろ」

自分の能力を過信しない優秀な修道騎士は、来た道をポケットに手を突っ込み背中を丸めながらとぼとぼと戻って行った。

虎木《とらき》のいつもの通勤路までくれば、さすがに迷ったりはしないだろう。

「そうだ。結局ミハルを変なことに巻き込んじゃったものね。お詫《わ》びのメールしておいた方がいいかしら」

言いながらスリムフォンを取り出したそのときだった。

住宅街を鋭く横切る冬の風の中に混じる異音を、修道騎士は聞き逃さなかった。

アイリスは一足飛びに目の前の家の屋根の上まで跳躍。

寸前までアイリスが立っていた場所に、

「何よあれは⁉」

槍《やり》の如《ごと》く長く鋭い氷柱が無数に突き立っていた。

冬の東京が寒いとはいえ、自然にあんな氷柱が出現するはずがない。

アイリスの影を踏んだ氷柱の上に降り立った黒い影が、屋根の上のアイリスを闇の瞳で見上げていた。

氷の柱の上に、闇の柱が立ったかのようだった。

頭と肩の部分がなければ人間の形をしていることすら分からない。

腕組みともまた違う姿勢のようだが、一つだけ言えることは、人の形をしているこの存在は、人間ではないということ。

「一応言っておくけど、この近くで強盗事件があったばかりよ。警察に見られたくなければ、バカなことはしない方がいいわ」

腰のポーチから右手で聖槌《せいつい》リベラシオンを、左手で白木の針を引き抜く。

「もっとも、私を修道騎士と知って狙ってきてるなら、警察なんか恐れたりはしないと思うけど……」

闇の柱の答えは、

「問答無用ってわけ！」

ノーモーションでの、氷柱の射撃であった。

闇の柱の額付近に冷気が凝縮し、無数の氷の弾丸となってアイリスに襲い掛かった。

「ナメてくれるわね！」

アイリスはその場から一歩も動かず、その全てをリベラシオンで撃墜してみせた。

風の強い夜に氷の砕ける澄んだ音がこだまするが、闇の柱はその音と弾丸に紛れ、アイリスに肉薄する。

人間サイズの質量とも、氷の弾丸とも違うものが空間を横切る風切り音。

勘だけでアイリスがリベラシオンを繰り出した空間で受け止めたのは、闇の柱が振りかぶった右手から繰り出す、反った細長い刃であった。

「……刀、いえ、鎌？」

刃らしきぬらりとした光が、反った構造の内側にある。

闇の柱が初めて人型の腕を繰り出した先から放たれたその刃だが、手元まで黒いなにものかに覆われているため、武器の正体が判然としない。

そして、民家の屋根の上で人間二人がドタバタと戦えば、当然その屋根の下にいる人間は目を覚ます。

二人の足元の家の二階で照明が灯《とも》り、微《かす》かに闇の柱の輪郭を浮き立たせた。

「爪⁉」

刀か鎌かと思われた刃は、驚くべきことに闇の柱の手指の先から伸びた爪であるらしい。

「サガラの爪の方が、よっぽど凶悪だったわ！」

リベラシオンはなりこそ小型のハンマーだが、聖別された銀を鍛えた打面で撃たれたファントムは、絶対に無事ではすまない。

本来なら触れているだけでファントムの生命を侵食するはずの銀がしかし、この爪相手には一切の聖性を発揮していない。

「はああっっ！」

闇の柱の武器が手の爪であるのなら、未《いま》だ振るわれていない左手もそれを隠している可能性がある。

アイリスが気合の声とともに闇の柱の体に向かって真正面から蹴りを入れると、闇の柱はその蹴りを回避するように素直にアイリスから距離を取った。

今の声で足元だけでなく周囲の家も続々と灯《あか》りをつけたため、いよいよこの場で戦うわけにいかなくなったアイリスは、相手が離れたのをいいことに大きく後方に跳躍し、戦場を移動させる。

「もう少し人に迷惑がかからないところでやりましょう！　ついてきなさい！」

アイリスは油断なく闇の柱の気配を探りながら、少しでも雑司《ぞうし》が谷《や》から離れ、ある程度派手に戦っても周囲に迷惑が掛かりにくく、かつ闇十字《やみじゅうじ》騎士団の援護がすぐに受けられる場所を探すべく移動しようとした。

だが。

「えっ？」

僅か二百メートルほど移動したところでアイリスは、背後から闇の柱の気配がついてきていないことに気付いた。

最初は身を隠してこちらへの不意打ちを狙っているのかと、慌ててまた手近な家の屋根の上に登り、身を低くしたアイリスだったが、

「……消えた？」

五分経《た》ち、十分経《た》っても、姿はおろか最初に氷柱を出現させた瞬間の殺気すら消えてしまっていた。

試しに構えを解いて無防備を装《よそお》い立ち上がってみても、氷の弾丸が飛んでくる気配もない。

結局その後さらに十分その場で警戒したが黒い柱は現れず、アイリスは敵が撤退したと判断する。

だからといって、おめおめと自宅に戻るほどアイリスも間抜けではない。

襲ってこないだけで監視は続いているかもしれない。

ファントムが襲って来た以上、今からアイリスが向かう先は自宅でもなければもちろん虎木《とらき》達のいるコンビニでもない。

サンシャイン60の地下にある、闇十字《やみじゅうじ》騎士団日本駐屯地だ。

アイリスは夜の街を駆け抜け、サンシャイン60を目指す。

途中、池袋東五丁目店近くを通り過ぎると、まだパトカーが店にいるのが見えた。

今メールやメッセージを飛ばしても、虎木《とらき》と未晴《みはる》がスリムフォンを見るのはまだまだ先になるだろう。

「シーリンさんとは関係ないと思いたいけど」

予断は許されない。

だが自分と虎木《とらき》の環境を考えれば、全く無関係だと断ずることもできない。

「何だか面倒事が続きそうね」

厳しい顔つきになりながら、アイリスは日本駐屯地の電話番号をコールする。

深夜なので、中から迎えが来ないとサンシャイン60に入れないからだ。

だが、アイリスが電話をかけようとした次の瞬間、向こうから着信が入って来た。

「アイリス・イエレイです。シスター・ナカウラ、ちょうど今こちらも電話しようと思っていたところで……」

「無事ですか！　シスター・イエレイ！」

緊迫した中浦《なかうら》の声に、アイリスは緊張する。

「何かあったのですかシスター・ナカウラ」

「ああ、あなたは無事なのね。良かったわ。申し訳ないけど、今すぐ虎木由良《とらきゆら》を連れて、駐屯地に来られるかしら」

「私も今、報告したいことがあってそちらに向かっております。ですがユラは今、仕事でトラブルに巻き込まれていて、すぐには連れていけない状況です」

「仕事のトラブル？」

中浦《なかうら》の言葉に険がこもったので、アイリスは慌てて内容を補足した。

「勤め先のコンビニに強盗が入って、その対応で店に警察が来ていて彼も被害者の一人として事情聴取されているのです！　なので無理に連れ出すと色々と問題が」

「それは……困りましたね。でも犯人が普通の人間なら、虎木由良《とらきゆら》はとりあえず無関係なのかしら」

深夜特有の、緊張と疲労がないまぜになった中浦《なかうら》の重い声が響く。

「修道騎士が複数の正体不明のファントムの襲撃を受けました」

アイリスは息を呑《の》む。

「騎士が三人、重傷を負っています。奉仕活動中に襲われた者、年末安全強化週間で巡回中の者、そして一人は、別の穏健ファントムと接触中に襲撃を受けました。残念ですが比企《ひき》家の協力も得なければならない状況です。あなたも十分注意しながら駐屯地においでなさい」

そんな安全強化週間は初耳だが、それよりもアイリスは申し訳なさそうに、眼下のコンビニを見やった。

「あの、シスター・ナカウラ。実はその……ミハル・ヒキも今、ユラと一緒にコンビニで警察の事情聴取を受けておりまして、すぐに連絡が取れる状況ではなくて……」

「は？」

「あの、私個人的な連絡先を知ってるので、メッセージだけ入れておきますけど……ミハルも、もうしばらく動けないと思います」

「……とにかく、気を付けて早く来てくださいね」

色々言いたいことがありそうな中浦《なかうら》は、それだけ言って電話を切った。

アイリスと未晴《みはる》に個人的な交流があることは既に中浦《なかうら》にも知られているが、かかる緊急事態が起こった夜に一体どんな理由で彼女の動向を把握していたのかは、きっと聞かれることになるだろう。

もちろん自分が遭遇したファントムのことも詳細に報告しなければならないが、詩澪《シーリン》のことはまだ、正式に報告を上げる段階ではないだろう。

「今日の色々はユラや私の周囲の安全の確認のため、って割り切るしかないわよね」

アイリスはスリムフォンをコートのポケットにしまうと、小さく嘆息しながら、遥《はる》かに屹立《きつりつ》するサンシャイン60に向けて、闇を駆け始めたのだった。

※

月の光も、街灯の光も、室内照明の光すら存在しない狭い狭い空間に、ぼんやりと青白い光が球状に灯っている。

その中央に、まるで水を掬《すく》うように開かれた左右の掌《てのひら》が差し入れられ、掌《てのひら》サイズの金属製の円盤がその上に浮遊していた。

球状の光の中。円盤の上に舞っていた二つの点のうちの一つがすっと光の外の闇に消える。

ふっと、暗闇の中に吐息が漏れ、それと同時に金属板が手の上に落ち、闇を照らした青い光の球が消える。

声の主は億劫《おっくう》そうに立ち上がると、手探りで壁をまさぐり、電灯のスイッチを入れた。

まるで棺《ひつぎ》を思わせるかのような、何も無い長方形の洋間。

窓も無い、隅に毛布とわずかな衣類が積み上げられているだけのその部屋の中で、梁《リアン》 詩澪《シーリン》は小さく溜《た》め息《いき》を吐《つ》いた。

「ただの人間に見えたけど、意外とやるみたいね」

そう呟《つぶや》いて立ち上がった詩澪《シーリン》は、この空間唯一の出入り口である扉を開ける。

部屋の中に負けず劣らず薄暗い外の廊下はどこまでも空気が沈んでいた。

大人二人がようやくすれ違える程度の狭い廊下を数歩歩くと、申し訳程度のシンクと電熱コンロとが配置された、ぎりぎり台所と呼べるスペースに出る。

水道をひねって流れ出た水を手に受けて軽く飲むと、口を拭いながら蛇口を閉じた。

そして、傷だらけのシンクの底に落ちる自分の影を見つめて、言った。

「あとどれくらい、生きていられるかな」

第二章　吸血鬼は女心が分からない

ブルーローズシャトー雑司ヶ谷《ぞうしがや》の共用廊下は、建てられた年代や周囲の地形も相まって、音が大きく響く。

足音やドアの開閉音、キャリーケースや台車のローラーの音はもちろんのこと、誰かが大きな声で話をしていると、玄関近くにいれば結構聞こえてしまうのだ。

「もう私一歩も歩けません。虎木《とらき》様支えてください」

「おい未晴《みはる》……」

「夜を徹しての取り調べで、私は身も心も疲れ果ててしまいました。どうか虎木《とらき》様、私を慰めてくださいね？」

「何でもいいけどしっかり歩け。ほらもう着いたから」

「あっ、そんな強引な。でもそんな虎木《とらき》様も素敵です……夜明けまではまだ今しばらく時間がありますから、疲れた心と体を癒《いや》して、朝餉《あさげ》をご一緒いたしましょうね？」

玄関の鍵が開かれ、一〇四号室の扉が重々しく開けられた次の瞬間、

「お、か、え、り、な、さ、い」

アイリスはリベラシオンで白木のテーブルを激しく打ち付ける。

その音にびくりとしたのは、虎木《とらき》にしなだれかかっていた未晴《みはる》だ。

そして元からうんざりしていたらしい虎木《とらき》は、自分の部屋でアイリスが待っていたことよりもアイリスの態度と、ややクマの浮いた不機嫌そうなアイリスの表情、そしてリベラシオンがテーブルを叩《たた》いているのを見て、更にうんざりしたような溜《た》め息《いき》を吐《つ》いた。

「な、な、アイリス・イェレイ！　あなたどうして虎木《とらき》様の家にいるのです⁉　出て行ったはずでしょう！」

「私今、ユラの部屋の隣に住んでるから」

「隣っ⁉　隣……。隣⁉　何てうらやま……違う！　何で隣の部屋のあなたが虎木《とらき》様の部屋に堂々と居座っているのですかっ！」

虎木《とらき》もそれは大いに聞きたいところだが、聞いたところで多分何も解決しないので未晴《みはる》に乗っかるような無駄なことはしなかった。

「ファントムがあなたみたいな女の子を連れ込んで不届きなことをしないためかしらね」

「なんて下品な！　虎木《とらき》様はそんなことはなさいません！　私が強引に上がり込もうとしただけです！」

「自分で言うのね。つまりミハルは招かれざる客ということかしら」

「招かれてもいないのに勝手に合い鍵作って勝手に上がり込んでるお前が言うな」

流石《さすが》に虎木《とらき》もこれには突っ込んだ。

「ユラ、私ね、これでも悪いと思ってるのよ。あなたの生活を騒がせているのは確かだし、日本での生活の色々なことでユラに頼ってる自覚はあるわ。でもね」

アイリスはガンガンとリベラシオンを苛立《いらだ》たしげに叩《たた》きながら立ち上がり、びしりと虎木《とらき》を指さした。

「徹夜であちこち飛び回って疲れて帰ってきた後に、パートナー・ファントムのそんな姿見せられて怒らない人間はいないわよ！」

「ぱぱぱぱぱぱぱぱパートナー・ファントムぅ⁉　アイリス・イェレイ！　あなた、虎木《とらき》様に何をたわけたことを言ってるんですか⁉」

「ユラは私のパートナー・ファントムとして正式に認定されたのよ。ミハル、昨夜は協力ありがと。もう帰ってもらっていいわ。闇十字《やみじゆうじ》騎士団からヒキ・ファミリーに仕事の連絡が行ってるはずだから、処理してちょうだい」

「な、なぁにが正式に認定されたですか。闇十字《やみじゆうじ》の駐屯地如《ごと》きが虎木《とらき》様の人権を無視して勝手に名簿に書き加えただけのことでしょう！　公的には何の意味も無い肩書です！」

「ユラ、とりあえずお風呂《ふろ》入ったら？　洗っておいたわよ。ミハルも香水の匂いするでしょ。移った匂い、落とした方がいいんじゃない？」

「香水ですって？　この高貴な白檀《びやくだん》の香りが香水の匂いだとでも思っているのですか？　京都の老舗香料店から取り寄せた匂い袋をあの泥棒猫が振りまいているような安っぽい化粧品と

一緒にしてほしくないですね！」

「元気だなぁお前ら……」

午前四時である。

ぎゃんぎゃん言い争うアイリスと未晴《みはる》を横目に見ながら虎木《とらき》はすごすごと奥の部屋に入り長袖の寝間着に着替える。

そして来る夜明けに備え、吸血鬼としての寝室である浴室に敷くためのエアマットに静々《しずしず》と空気を入れながら、二人の言い争いが収まるのを待った。

「そろそろいいか？」

わずかに空いた会話の隙間に声をねじ込むと、アイリスも未晴《みはる》もようやく虎木《とらき》が寝る一歩手前の姿をしていることに気付く。

「あー、アイリス。待たせて悪かったな」

そしてねじ込む上で、虎木《とらき》自身に悪い部分は一切ないのだが、明らかにアイリスが不機嫌そうなのでとりあえずそう言った。

「何かあったんだろ？　日が変わる前に入れてくれてたメッセージと関係があるのか」

「日が変わる前に入れたメッセージ？」

「ミハルにも送ったはずよ。シーリンさんを送った後、得体の知れないファントムに襲われたのよ」

「そうでしたか。私、あなたからのメールやメッセージは迷惑フォルダに振り分けてましたので、気付きませんでした」

「じゃあこれから全部連絡は電話にするわね。取らなかったらいつまでも鳴らし続けるから」

「話が始まらないから要点だけ頼む！」

何故《なぜ》この仲の悪さで二人してコンビニに現れたのか、虎木《とらき》には全く理解できなかった。

「昨日、私とシーリンさんだけ解放されたでしょ。そのまま私、彼女を家まで送って行ったの。家に入るのを確認したし、そこまでの彼女に怪しいところは何もなかったわ」

「ふん。どうだか」

未晴《みはる》はアイリスの判断を疑うが、アイリスは無視して話を進める。

「その帰りに、見たことも無いファントムに襲われたの。長い爪があって、全身を黒い服で覆っていたわ」

「何だそりゃ。忍者の鉤爪《かぎづめ》か？」

「そんなレベルじゃないわ。鎌か刀かと思うくらいに長い一本爪よ」

アイリスは自分の左手を掲げ、右手でその爪がどれほど長かったかを示してみせる。

「ミハル、あなた、こういう爪を持ったファントムを知らない？」

「それだけではなんとも言えません。鎌のような爪、というだけならかつては『野鎌《のがま》』という妖怪がいましたけども」

「ノガマ？」

「ええ。ですが野鎌《のがま》は人型ではありませんし、黒い装束を纏《まと》う習慣もありません。第一とっくに絶滅した妖怪ですし」

「妖怪に絶滅ってあるの？」

「個体数が少なければ当然あり得ます」

末晴《みはる》は小さく嘆息する。

「野鎌《のがま》は鎌鼬《かまいたち》の一種ですが、捨てられ野ざらしになった鎌から生まれる日本の固有種です。鎌がそこらに捨てられ野ざらしになることがそもそも現代では滅多に起こりませんから、野鎌《のがま》の目撃情報は、戦後は全くないと聞きます」

「俺が生まれた頃にはまだどっかに野鎌《のがま》がいたかもしれないんだなぁ」

戦後すぐの生まれの虎木《とらき》は、身近な動物が絶滅したかのような得も言われぬ郷愁にかられてしまった。

「カマイタチって、前足が鎌になってる動物のファントムよね。でも私が出会ったのは人型だったわ。それに、何も無いところから、氷の柱や氷の弾丸を生み出したの」

末晴《みはる》は眉根を寄せた。

「氷の技を使う人型と言えば雪女や雪ん子ですが、大きな爪というのは……」

「その爪も氷で作ったものってことはないのか？」

「爪と氷の違いくらい分かるわ」

「いずれにせよ、雪女も雪ん子も負けず劣らずの絶滅危惧種ですし、理由なく人を襲う種族でもありません。……それで、そのファントムがどうしたと言うんです？」

正体不明のファントムの話題になると、さすがに未晴《みはる》も余計な茶々は入れなくなる。

「東京駐屯地の騎士が、似たようなファントムに襲撃されて三人が重傷。うち一人は協力関係にあるファントムと接触中だったわ。ヒキ・ファミリーと資本関係があるコンビニエンスストアに勤めているファントムよ」

それを聞いた瞬間に、未晴《みはる》の顔つきが変わる。

「だからこっちが一方的に捜査するわけにいかなくて、シスター・ナカウラがあなたのことを探してるわ」

「……そういうことでしたか。全く」

未晴《みはる》はしばし瞑目《めいもく》すると、あきらめたように頷《うなず》いた。

「虎木《とらき》様。折角のお招きですが、今日のところは帰宅いたします。急ぎの仕事が入ってしまったので」

招いた覚えは全くなかったが、藪蛇《やぶへび》になりたくないのでそれは言わない。

「そうか。なんか手伝えることはあるか？　まぁ、夜限定だが」

虎木《とらき》の申し出になぜかアイリスが顔を顰《しか》め、未晴《みはる》は小さく微笑《ほほえ》んだ。

「嬉《うれ》しいお申し出ですが、比企《ひき》家の仕事は比企《ひき》家が取り仕切りますのでお気遣いなく。私共はどこぞのよそ者と違って、虎木《とらき》様の御手を煩わせるようなことは致しませんから」

「何の話かしらね」

アイリスは未晴《みはる》の嫌味をさらりと受け流した。

「ですが万一虎木《とらき》様の生活に影響が出るようでしたら、必ずご連絡差し上げます。それでは、失礼いたしますね」

未晴《みはる》は虎木《とらき》に小さくお辞儀をすると、もう歩けないだの身も心もボロボロだのと言っていたのは何だったのか、凜《りん》と背筋を伸ばし、軽い足取りで部屋から出て行った。

「どうしてミハルの面倒に協力するようなこと言ったの？」

「横浜の件では世話になったからな。あいつに借りを作りっぱなしは色々怖い」

「ああ、それは確かに」

「だからお前が何を考えて、未晴《みはる》を呼び出したのかは大いに気になる」

「ああ、それは……………その」

アイリスそれまでの会話の延長で答えようとして、はっとなって虎木《とらき》の顔を見上げる。

すると寝間着の吸血鬼の口元は笑っていたが、目は笑っていなかった。

「その、えっと、ほら！　だって一人じゃシーリンさんを見張るのにも限度があるし、だからってこの前の取り調べみたいなことになったらあなたも嫌だろうから、闇十字《やみじゆうじ》の応援を呼ぶわけにはいかないでしょ⁉」

アイリスは頭をフル回転させて、なんとか言葉を繋《つな》げると、

「……それもそうか、ふわぁ……」

虎木《とらき》は微《かす》かに疑問を残しつつも、一応納得したように頷《うなず》きあくびをした。

アイリスは心の中だけでセーフのポーズを取り、虎木《とらき》の追及を回避したことに胸をなでおろす。

「未晴《みはる》には借りがあってもお前には愛花《あいか》のこと差っ引いても貸しの方が多いこと忘れんな」

「わ、分かってるわよ」

「それで、肝心の梁《リアン》さんの方はどうだったんだ」

「家は突き止めたわ。警察に見せた身分証のパスポートは本物に見えたし、今のところ、彼女は普通の人間としか思えない。ただ……」

「ん？」

「爪のファントムが襲ってきたのは彼女と別れた直後だったから、まだ全くの安全な人とは断言できないわ。アイカとは別のトラブルに関係してる可能性もまだあるわ」

「そうか……あー……」

非日常に疲れた頭で普通に返事をしそうになったが、コンビニ強盗という予想外のトラブルがあったにせよ、自然と詩澪《シーリン》の懐《ふところ》に潜り込み情報を引き出したのはアイリスの手柄だ。

ファントムと戦うのは自身の職責であると、自分個人の責任の有無を腹に抱えて不満を押し殺したように歯を食いしばってほんの少し涙目になっているアイリスの背を、虎木《とらき》は溜《た》め息《いき》とともに叩《たた》いた。

「……お前だって夜道で襲われた被害者だしな」

「ん」

喉の奥で押し殺したような返事。

「折角協力してくれたのに悪かったよ。新しい同僚にいらん疑いをかけてお前を巻き込んだのは俺だ。今日はもう日の出だから無理だが、シフトの無い日でよければ協力する」

「……当たり前でしょ。パートナー・ファントムなんだから」

自分個人、騎士団組織の不甲斐《ふがい》なさへの自覚と、それでも本当に悪いのは襲ってきた奴《やつ》なんだという思いの狭間《はざま》でアイリスは、ようやくそれだけ絞り出した。

「その制度の概要をきちんと説明してから言え」

「闇十字《やみじゅうじ》があなたの存在を認める代わりに、あなたが要請に従って協力するっていう制度よ」

「その制度は日本語では搾取《さくしゅ》って言うんだ覚えとけ」

ある意味予想通りなので虎木《とらき》は笑ってしまい、アイリスもそれにつられてようやく表情が和らいだ。

「だがお前らがいくら俺を搾取《さくしゅ》したくても、この年末はシフトがびっしりだ。梁《リアン》さんの研修見る都合上休めないし、協力できる時間帯は午後五時から午後九時の間に限られるぞ」

「構わないわ。問題のファントムも対処できないほど強いって感じじゃなかったから夜中は私一人でもなんとかなる。人間と接する必要があるときだけ一緒にいてもらえれば」

「普通逆だよな」

分かっていても、突っ込まざるを得なかった。

「しかし、人間に会うって何をするんだ？」

「さっきミハルに言ったように、今回直接被害に遭ったのは修道騎士だけど、奉仕先や、接触したファントム、あとはその周りに何か襲撃のヒントがあるかもしれない。修道騎士達が被害に遭う前の様子を、関係者から聴取したくて」

「なるほどな。ただ狂暴なファントムが辻斬《つじぎ》りしただけなのか、狙われるだけの理由があったのかを調査するってことか」

虎木《とらき》は一瞬不安になる。

「お前ら騎士団の調査って、小学生の社会科見学よりも体当たりじゃねぇか。被害者がどんな奴《やつ》らか知らないけど、そう簡単に周囲から話聞けるか？」

「犯罪被害が起こった周囲の人は、やっぱり色々恐れてるし、不安なものよ。私がシスターとして神の言葉を説けば、安心してくれるんじゃないかしら」

「引くわ」

虎木《とらき》は頭を抱えてしまった。

「ええっ⁉　どうして⁉」

「どうしてってお前」

　これぱかりは文化背景の違いなので納得させることは難しい。

　だが、日ごろよほど聖十字教徒の教えが生活に根差している人間でもない限り、身近な人物が犯罪被害に遭った直後に見知らぬ外国人が尋ねてきて神の教えを説き始めたら、間違いなく相手は貝のように口を閉ざし、門前払いされてしまうだろう。

「そんな……じゃ、じゃあどうすれば……」

「他に方法ねぇのかよ」

　虎の子のアイデアを粉砕されて絶望の顔になるアイリスにこそ絶望したくなった。

「……アイリス。お前、一応騎士団の聖務には、誠心誠意、取り組む意思はあるんだよな」

「当たり前じゃない！」

「だったら、そのための下準備として、どんな苦労も我慢できるな？」

「もちろんよ！」

「約束だから、俺も協力はする。だが矢面にはお前が立て。そうすれば、もう少しスムーズに有力な情報を聞けるかもしれない」

「そんな方法があるの⁉」

「ああ。ちょっと早いが、この時間なら多分起きてるだろ」

「へ」

アイリスは思わずスリムフォンの時計を見た。

午前五時前。こんな早い時間に一体どこに電話をするというのか。

「あ」

気付いたときには、虎木《とらき》はもう電話をかけていた。

「おう、悪いな朝早くから。実はちょっと頼みがあってな。今日の午後、俺が起きてる時間にうちまで来られるか？　ああ。……そこそこ重い話で悪いんだが」

「あ、あの、ちょっと、ユラ？」

「二十三区内で闇十字《やみじゅうじ》騎士団とファントムが絡んだ犯罪が起こってるらしい。それについての情報を集めたいんだが、俺達だけじゃ難しそうなんだ。そうか悪いな。助かる」

「ユラ、待って、まさか」

「ああ。それじゃ午後五時に俺の部屋で。ああ、この前の詫《わ》びもしたいって本人が言ってたからな。よろしく頼む」

虎木《とらき》が電話を切ってアイリスの顔を見ると、アイリスはこの後起こることを正確に予測しているらしく、魂が抜けたような顔になっている。

「あの、あの、あのユラ、ユラ？　ちょっと」

「俺をパートナーだとか言うんなら、あいつと関わり合いにならないなんて不可能だ」

「で、で、でも、まだ、こ、こ、心の準備が……」

「十二時間ある。瞑想《めいそう》でもなんでも好きにしろ。今日の午後五時に和楽《わらく》がうちに来る。あいつの力を借りる。俺は全容を把握していないからな。お前がしっかり説明するんだぞ」

死刑宣告にも等しい宣言に、今にも泣き崩れそうになっているアイリス。

励ましてやりたいところだが、そろそろタイムリミットが迫っていた。

「和楽《わらく》が来る前には起きてててやるから頑張れ、それじゃあおやすみ」

有無を言わさずそう言うと、虎木《とらき》は手早くエアマットを抱えて風呂《ふろ》場に消えてしまった。

施錠《せじょう》の音とともに意識を取り戻したアイリスは、いつの間にか傍《かたわ》らから消えていた虎木《とらき》を探し、しばしきょときょとしてから、絶望に打ちひしがれて、浴室の扉を力なく叩《たた》き崩れ落ちたのだった。

※

「なんだこりゃ。誰かの誕生日か？」

一〇四号室に一歩踏み込んだ虎木和楽《とらきわらく》は、若い兄の一人暮らしのダイニングテーブルに所狭しと乗った料理の数々に、微笑《ほほえ》みながらも驚いた様子だった。

テーブルの反対側には背中を丸めて視線を真下に向けているアイリスがいて、虎木《とらき》が弟のコートや帽子を預かりながら苦笑して言った。

「緊張した結果なんだとさ。まぁ座れよ」

虎木《とらき》は和楽《わらく》をアイリスの正面に座らせ、自分はアイリスの隣に腰かける。

「ど、どどど、ど、どうも……こ、こ、この前は……おおお、お世話になりました……」

虎木《とらき》が隣に座った衝撃でスイッチが入ったかのように、アイリスが必死で声を振り絞る。

「ああ、こっちこそ。わしと由良《ゆら》の本当の関係は、もう知っているのかな」

「は、はは、は、はい。あの、えっと、ユラ、ゆ、ゆ、ユラの、おとおとと弟さんだと……」

「ゆっくりでいいよ。年を取ると、若い人の早口は聞き取れなくなる。ゆっくり考えて喋《しゃべ》ってもらった方が、こちらもありがたい」

「は、は、はい……ふー……」

言葉はつっかえつっかえ。息継ぎも無しで喋《しゃべ》るから、すぐに顔が赤くなる。

だがさすがに和楽《わらく》は年の功か、アイリスを急《せ》かしもしなければ過剰に寄り添うこともせず、アイリスに適切な息継ぎをさせた。

「ま、ま、前に、ここで、会ったときには、き、き、き、きちんと、名前も、い、言え、言えなくて、ごごご、ごめん、ごめんなさい」

アイリスはここでもう一度、大きく息を吸って、吐いてまた吸って、言い切った。

「あ、あ、アイリス・イェレイ、です。よろしく、お願いします」

「ああよろしく。こちらも改めて、虎木和楽《とらきわらく》だ。そこの不肖の吸血鬼の弟だよ。横浜では兄貴の戦いを助けてくれたそうで、感謝しておる」

「それも、さ、さ、最後は、警察にに……に……面倒、おか、おかけしましたから」

「比企《ひき》のお嬢さんなんか、警察がいくら便宜を図ったところで当然のような顔をしよるから、礼を言われるのはなんだか新鮮だな」

和楽《わらく》は嬉《うれ》しそうにそう言うと、皺《しわ》だらけの手を軽く叩《たた》いた。

アイリスはその小さな音にビクリと背筋を伸ばすが、老人の目はアイリスではなく、テーブルの上の料理に興味をそそられているようだった。

「それでだ、この年の瀬に兄貴から色気のない話を持ち掛けられたと思いきや、予想してなかったご馳走《ちそう》に驚いているんだが、これは、アイリスさんが作ってくれたんだな？　兄貴じゃこうはいかん」

「そ、そ、そうです。た、大したものは、な、無いんですが」

「この兄貴は自炊をするすると自慢げに言うが、言うほど大した料理は作れんからな。俺は兄貴とアボカドなんか食べたことない。美味《うま》そうだ」

「あ、あ、アボカド、お、お好き、で、ですか？」

これまで緊張と呼吸のし過ぎでいっぱいいっぱいだったアイリスの顔に、ようやく自然な笑顔の気配が戻って来た。

トマトとオリーブとアボカド、そしてシュリンプをミックスしたサラダが中央に鎮座しており、それぞれの席にはビーフシチュー。

他にもオーブンで焼いたマッシュポテトのグラタンのようなものに、グリーンリーフと生ハムのサラダ。チーズクラッカーにポーチドエッグが並んでおり、ちょっとしたホームパーティーの様相を呈している。

「アボカドは好きだが、どれも普段食べない料理だから、どう食べればいいのか分からんな。教えてもらえるか？」

「は、は、はい……あの、と言っても、ぱ、ぱ、ぱ、パーティー用のけいけい、軽食なので、適当にシェアしてもらえれば……わ、私、と、取りますね！」

アイリスは椅子を蹴倒す勢いで立ち上がると、用意していた大きめの取り皿に、全部のメニューをまんべんなく載せる。

いわゆるバイキング皿状態は決して見栄《みば》えは良くなかったが、虎木《とらき》はもちろん和楽《わらく》も、アイリスの精一杯を理解してそれを受け取った。

「それじゃあ、いただきます」

和楽《わらく》は手を合わせて小さく会釈《えしゃく》をすると、設《しつら》えられたスプーンを手にとり、虎木《とらき》の予想した以上に挽肉《ひきにく》や野菜が入っているグラタンを口に入れた。

「うん、美味《うま》いな。食って思い出したが、シェパーズパイか?」

「し、知ってるんですか?」

「それグラタンじゃなかったのか」

「違うわ。取るから食べてみなさい」

「イギリスの家庭料理だと聞いたことがある。現役の頃、何度か研修や視察でイギリスには行ったからな。コテージパイとも言うそうだが、確か使う肉で言い分けるんだったか」

「み、みんな、て、適当に言ってます、よ……」

「ほー。どっちにしろ、俺は初めて食うな。これは美味《うま》いわ」

「まだユラにも作ったことはないわ。特別なときのための料理だし、材料も沢山いるから」

和楽《わらく》相手だと視線が泳いで口ごもるのに、わざとやっているのかと思うくらい、虎木《とらき》相手だと自然な会話ができるのは何なのだろうか。

虎木《とらき》はつい和楽《わらく》に目をやるが、皺深《しわぶか》い弟は穏やかな笑顔を浮かべながら気にしている様子は無い。

「確かに一人暮らしでこんだけの野菜使う料理は大変そうだな」

「でももしユラが気に入ったのなら、例のパートナーシップ制度にきちんと取り組んでくれれば、また作ってあげなくもないわよ」

「何で上からなんだよ」

調子を取り戻しつつあるアイリスと、その物言いに呆《あき》れつつも笑う虎木《とらき》を見て、和楽《わらく》も微笑《ほほえ》んだ。

「何と言うか、思い出すな。随分昔だが息子や娘ともこういう席があった」

「良明《よしあき》や江津子《えつこ》と？」

虎木《とらき》の口から新しい名が出てきて戸惑うアイリス。

「良明《よしあき》はアイリスも会ったろ。横浜で現地の警官を指揮してた、和楽《わらく》の息子で俺の甥《おい》っ子だ。今やあっちの方が見た目はずっとおじさんだけどな」

「ああ！」

「江津子《えつこ》はその妹で俺の姪《めい》っ子。二人とも、俺の正体は知ってる」

「そうなんだ……。私、私、私達が、お子さんのわ、わ、若い頃みたいってこと、ですか？」

「ん。まぁ、そんなところだ」

曖昧に頷《うなず》いた和楽《わらく》はそのまま箸を進め、アイリスもわずかだが普段よりもずっと緊張を緩め、ぎこちないなりに穏やかな時が過ぎた。

「美味《うま》いからと年も考えず食べすぎた。いやごちそうさん。もう入らん」

安物の椅子の上で少しみっともなく腹をさする和楽《わらく》の前には、湯気のくゆる紅茶が置かれていた。

「兄貴、アイリスさんに毎度こんないいもの作らせとったのか」

「こいつがうちでメシ食うときの材料費は俺の持ち出しだ。毎度こんな食ってたら破産する」

「ちょっとユラ！」

「あー、やれやれ。この後仕事の話をするのも億劫《おっくう》だが、そういうわけにもいかんな。この紅茶を飲むまでは待ってくれ。ふぅ」

和楽《わらく》は健啖家《けんたんか》ではあるが、寄る年波で食べる量は大分少なくなっているはずだ。

それでも和楽《わらく》は取り分けられた皿を三度もお代わりし、大いにアイリスの緊張を和らげた。

時ならぬホームパーティは実に和気あいあいとしたが、これは和楽《わらく》を待つ間、じっとしていることのできなかったアイリスが気を紛らわせるために料理に打ち込んだ結果であり、本来和《わ》楽《らく》が来た目的は闇十字《やみじゅうじ》騎士団を襲った謎のファントムに絡《から》んだ色々な情報のすり合わせである。

紅茶のお代わりが入ったところで、アイリスがまた精一杯の勇気を振り絞り、口を開く。

「そ、それで、あ、あの、じ、実はファントムが、その……」

すると、和楽《わらく》は掌《てのひら》でそれをとどめた。

「兄貴が電話をしてきたのは今朝だからな。いくら良明《よしあき》が警察のえらいさんだからと言って、集められる情報には限度がある。特に日本警察は、ファントムなどという存在を公には認めていないし。そういったものに対抗する特殊な組織や部隊があるわけでもない。警察庁の幹部連中が、比企《ひき》家と連携を取るのがせいぜいで、わしも現役時代はアイリスさんとこの闇十字《やみじゅうじ》騎士団なんてものは知らなかったからな。横浜で、良明《よしあき》の奴《やつ》が闇十字《やみじゅうじ》騎士団を知っていることに驚いたくらいだ」

そう言えば、初めて和楽《わらく》がアイリスと会ったとき、和楽《わらく》は闇十字騎士団《やみじゆうじ》のことを全く知らない様子だった。

だが横浜で良明《よしあき》は、闇十字騎士団《やみじゆうじ》に手を回せるようなことを言っていた。

「二人には今更言うことでもないが、ファントムが犯罪被害者になること自体稀《まれ》だし、なったとしても痕跡が残らないことも多いから見逃してるケースもあるだろう。それこそ吸血鬼だったら朝には灰になってどっかに飛んで行ってる輩《やから》もおるわけだからな。まさに始末に負えんというやつだ。その上大抵の現場には比企家《ひき》が先乗りしてる。厄介な家だ」

「「……」」

組織ではなく個人で比企家《ひき》に接している虎木《とらき》とアイリスにとっての厄介のベクトルは違うのだが、和楽《わらく》もそのことは知っているはずなので特に口を挟まない。

「ただ、昨夜のファントムとアイリスさんの同僚が被害に遭った件について警察が闇十字《やみじゆうじ》や比企《ひき》家よりも先んじることができた。豊島《としま》区内のコンビニ強盗事件だな。この字面《じづら》を見て、兄貴から連絡をもらった後なのに冷や汗をかいたもんだよ」

「警察は事件をどう記録してるんだ？」

「スタッフルームを荒らしてる強盗を取り押さえようとしたスタッフがファントムだったんだ。防犯カメラにはっきり刺されたところが映ってるのに運び込まれた病院ではほとんど傷が治ってて、後から比企家《ひき》が乗り込んできて被害者がファントムだと分かった」

「あるあるだな」

「そんな血腥《ちなまぐさ》いあるあるやめてよ」

パートナー・ファントムがぽろりと零《こぼ》した、経験に基づいていそうな感想にアイリスは顔をしかめる。

「シスターさんは、逃げようとする犯人を取り押さえようとして大怪我を負ったそうだ。良明《よしあき》に言って、その防犯カメラの映像をプリントしてもらった。これは警察の証拠品だから、記録はするな」

そう言って差し出された画質の悪い写真の中には、件《くだん》の被害者らしき店員のファントムと争う暴漢の後ろ姿。

そして、スタッフルームらしき場所のカメラがあった。

「ユラ！　これ！」

アイリスがスタッフルームの写真を見て、ある一点を指さす。

「この金庫をいじってる奴《やつ》のこの爪！　私が出会った奴《やつ》とそっくりよ！」

「なるほど……これは夜中に見たら刀に見えるかもな。金を盗まれてるのか？」

「そうだな。売上金が百万ちょい入ってたそうだが奪われている。他にも従業員ロッカーが派手に荒らされて、金目の物が物色されてる」

和楽《わらく》が指をさすあたりには、確かに村岡《むらおか》の店にもあるようなロッカーが映りこんでいた。

「昨夜起こったという三件のうち、警察が把握しているのはこの一件だけだ。ところがな、さすがはわしの息子と言うべきか、比企《ひき》家に現場をさらわれている警察官僚の恨みというべきか、良明《よしあき》の奴《やつ》、ファントムが被害者であると推測される過去の事件から、今回の事件と極めて似た展開を見せたケースを洗い出してくれた。できる奴《やつ》だ」

「お前より優秀かもな」

「ぬかせ」

兄の軽口を、弟は満更でもないように受け流す。

「過去三年分のデータを洗った結果、似たような手口、経緯、地域、時間帯の強盗事件がいくつもあった。これも、記録はするなよ。わしが良明《よしあき》に怒られるからな」

和楽《わらく》は断りながら、今の事件の現場とは全く別の写真を何枚か取り出した。

いずれも、深夜営業の、色々な業態の店の前の写真だ。

「深夜帯の侵入盗、売上金を盗まれ、従業員ロッカーが執拗《しつよう》に荒らされているケースばかりだ。こっちの二件はコンビニ。こっちは深夜営業もするスーパー。こっちはネットカフェだな。いずれもファントムが雇用されている店だ」

和楽《わらく》はそこで一拍置いてからアイリスを見た。

「どの事件も人的被害が出たという確かな第三者の証言や監視カメラの映像があるのに、被害者が被害を訴え出てこない。恐らく被害者は自分の正体を明かしたくない一般のファントムだったんだろう。そういうファントムがいる場所が、同じ手口で狙われている」

「そういう事件の記録が、闇十字《やみじゅうじ》にあるんじゃないのか？」

虎木《とらき》はアイリスに提案するが、アイリスは渋い顔だ。

「……どうかしら。駐屯地に戻ったら調べてみるけど、姿を消した客がみんなファントムって言うことは無いと思う。そんなことが重なっていればシスター・ナカウラも何か仰《おつしや》るはずよ」

「あの騎士長そこまで有能だとは思えないんだが……まぁたまたま面倒事が嫌な人間の客だったってこともあり得るか……」

「それに、一つ一つの事件は随分前に起こったことなんですよね？　昨夜の件のうち二つはファントムが絡んでいませんし、共通点というのも、強盗事件の類型がそれほど多いとも思えないので少し弱いような気がします」

今回和楽《わらく》に来てもらったのは、昨夜起こった闇十字《やみじゆうじ》騎士団所属の騎士を襲撃した謎のファントムの正体を摑《つか》むためのヒントが欲しかったからだ。

確かに今、和楽《わらく》が見せてくれた情報は、虎木《とらき》やアイリスが一朝一夕には摑《つか》むことのできない情報だったが、昨夜の事件や、アイリスを襲ったファントムと直接つながるような情報ではない。

だが、和楽《わらく》もそれは分かっていたのだろう。

最後に細かく文字の書かれた紙を、事件の件数分だけ取り出した。

「そうなると、これが最後のヒントになるな。気付くことはあるか？」

「これは……従業員名簿ですか？」

「ああ。どれも昨夜のを含めた強盗事件に遭った店のものだ。気付くことがあるだろう？」

だがアイリスは少し申し訳なさそうに言った。

「ごめんなさい。私まだ、漢字は勉強不足であまり読めなくて」

「いや、おい、待てよ、これは……」

だが、虎木《とらき》は名簿上の異変にすぐに気付いた。

気付いた上で、虎木《とらき》にしては珍しく動揺した表情を浮かべる。

「偶然……と言えば偶然なのか？」

「偶然と言えば偶然だろうな。向こうじゃ珍しくもなんともない。ただ、この共通点を持つ者全員、問題の事件が起きたすぐ後に店から姿を消している」

「身元は」

「確認できた範囲では、全て偽造パスポートだった」

「どうしたの、ユラ」

尋ねるアイリスに、虎木《とらき》は名簿の中のある名前を指さす。

「事件後にいなくなっているスタッフの苗字《みようじ》が全部『梁《リアン》』だ」

「えっ？」

以前の職場で強盗事件に遭ったことがある。

そんな話を、アイリスはつい昨夜聞いた。

「梁《リアン》姓は中華圏ではありふれた苗字《みようじ》だ。だが、ファントムが被害者の、似たような経緯をたどった強盗事件が起こった店で、梁《リアン》姓のスタッフばかりが姿を消している。犯人は全員、アイリスさんを襲った奴と似たような格好をしていたようだ。しかも確認できる範囲では全員が偽造パスポートを使っていた。ここまでくれば、大分臭《にお》うだろう？」

和楽《わらく》はそう言ってから、深刻な顔をしている二人に尋ねた。

「二人とも、心当たりがあるのか」

心当たりどころの話ではない。

「うちのコンビニの新人が梁《リアン》姓なんだ。アイリスと未晴《みはる》も、顔を合わせてる」

「ほう」

「でも襲われたのは私で、お店じゃないんです。ユラのお店に入った強盗はファントムとは思えませんし、それに、昨日の強盗事件で警察が彼女の身分証明書を確認していたわ」

「その記録、良明《よしあき》の力で閲覧できないか？」

「照会した記録は確認できても、容疑者でもないのにその内容までは調べられんな。何か、その新人さんに不審な点が？」

そう問われると、決してそんなことは無い。

虎木《とらき》とアイリスは顔を見合わせた後、虎木《とらき》が渋々口を開いた。

「……俺に会いたくて、バイトに応募したとか言ってるだけなんだが……」

「はぁ？　それだけか？」

和楽《わらく》は拍子抜けした顔で兄の顔をまじまじ見てから、困惑したように頬杖《ほおづえ》を突いた。

「まぁ、確かに無いか」

「そうなんだけど、言い方考えろ言い方」

家族ならではの一切の容赦の無さに、アイリスは横で噴き出すのだった。

「まぁ何にせよ、油断はするな。表向きの条件は整ってるわけだし、アイリスさんも実際襲われとるわけだしな。兄貴がしっかり守ってやらんと」

「お前までそういうこと言うのか。どっちかと言えばアイリスが俺の生活を脅《おびや》かす側だ。誰か俺を守ってくれ！」

「ちょっとユラ！」

「真実だろうが！」

「こんな美味《うま》いメシ作ってもらっといて偉そうに」

「フザけんなっての！」

和楽《わらく》の援護射撃を受けたせいか、しばらくアイリスが調子に乗ってしまい、ただでさえ懸案が積まれた状態の虎木《とらき》は、出勤前にがっつり疲労を蓄積してしまったのだった。

「ああ、久しぶりにこんなに腹いっぱい食った。腹ごなしに歩きたいところだがな」

午後八時。

虎木《とらき》の出勤時間が迫って来たため会はお開きとなったが、不穏な話題の後であるだけに和楽《わらく》を歩いて帰らせるわけにもいかず、タクシーを呼ぶ運びとなった。

とはいえブルーローズシャトー雑司ヶ谷《ぞうしがや》の前の道には車が入ってこられないため、虎木《とらき》とアイリスが車通りの多い道まで送って行くこととなった。

「お口に合ったなら、よかったです」

「パイは殊の外美味《うま》かった。あれは何か、お母さんかお祖母《ばあ》さんから伝わったような、ご家族の伝統のようなものだったりするのかな」

「……それは、……ええ、そうです。そんなところで……」

「あー、確かに美味《うま》かったな。今回の面倒が終わったらまた作ってくれよ」

「え、ええ……」

アイリスが家族の話をしたがらないことは、これまでの生活の中で薄々気付いていたし、村《むら》岡《おか》の娘、灯里《あかり》も、アイリスが家族に問題を抱えているのではないかと推測していた。

もちろん虎木《とらき》はアイリスのことをそこまで和楽《わらく》には話していなかったが、和楽《わらく》も兄の割り込み方から何かを感じたのか、それ以上話を続けることはなかった。

虎木《とらき》は話題を変えるために、返事の言《い》い淀《よど》みで気づいたことをつい口にする。

「それにしてもあれだな。アイリス、お前さっきから随分和楽《わらく》とスムーズに話せてるな。もう和楽《わらく》とはサシで会っても大丈夫なんじゃないか」

「おう、そういや途中から、アイリスさんも全然緊張せずに話してくれていたな」

和楽《わらく》も言われて気付いてアイリスを見た。

虎木《とらき》兄弟には、全く他意は無かったはずなのだが……。

「え？　…………あっ……」

だがアイリスの方は、完全に無自覚だったようだ。

「えっ……えっ、あっ、その、わ、わ、わ、わ、私そそそそ……」

指摘された今の今まで本当に気付いていなかったらしい。

夜の街中でもはっきり分かるほど顔を紅潮させ、急激に視線が彷徨《さまよ》い始め、はっと和楽《わらく》を見たかと思うと、今更になって虎木《とらき》の陰に隠れてしまった。

「ご、ご、ご、ごめんなさささい、そ、そ、その、わたわたわたし全然気づかなくて」

「……あー、これは、余計な事言ったか」

「はっはっは。そのようだな」

何がスイッチだったかははっきりとは分からないが、この一時間弱、和楽《わらく》とスムーズに話せていたのはたまたまだったようだ。

「ご……ごめん……なさい……」

これまでの経緯から和楽《わらく》を恐れる必要など微塵《みじん》も無いことはアイリスも分かっているはずなのだが、そう単純な理屈で解決するなら誰も恐怖症で苦労はしない。

「ま、先の楽しみだと思うとしようか。お互いにな」

そう言って和楽《わらく》は、兄の肩を強く叩《たた》く。

「何だよ」

「いやなに。料理も目新しいものばかりだったし、ああいう雰囲気はジジイになっても心浮き立つものでな。まさか三度目があるとは思わなかった」

「なんだそりゃ」

「そろそろジジイを安心させるために、将来のことを真面目に考えろということだ」

「また将来かよ」

「また？」

「何でもねぇよ」

曖昧なことを言う弟の真意を問いただそうとした虎木《とらき》だったが、そんなことをしている間にいつの間にか明治通りまで出てきてしまっていた。

午後八時の明治通りは車の往来も人通りも多いため、ここまでくればもう安心だ。

虎木《とらき》は手を挙げてタクシーを止めると、和楽《わらく》を後部座席に押し込む。

「ま、とにかく今日は助かった。気を付けて帰ってくれ」

「これくらいしかできることもないからな。そっちもくれぐれも気を付けろよ。それからアイリスさん」

「…………は……………はぃ…………」

「今日はごちそうさま。よければまた、素敵な食卓に呼んでおくれ。それじゃあ」

「…………」

虎木《とらき》の背後に隠れたままのアイリスは小さく頷《うなず》き、
虎木《とらき》がその気配を感じて和楽《わらく》に伝える。

「OKだとさ」

「それじゃあ、おやすみ」

和楽《わらく》がそう言うと、タクシーのドアが閉じて車の流れに乗って走り去る。

虎木《とらき》は軽く手を挙げると、

「……おい、もう行ったぜ」

虎木《とらき》の背後で、コートのすそを摑《つか》んだままうつむいてしまっているアイリスに声をかけた。

「…………はぁ」

消沈したような溜《た》め息《いき》が、白く空に消える。

「ごめんなさい……最後の最後で、また……」

「気にすんな。和楽《わらく》があんなに楽しそうにしてるの、久しぶりに見た。アイリスの料理のおかげだ。美味《うま》かったのは本当だぞ」

「……ええ、それだったら、よかった」

「さて、と。そしたらこの後どうするかだな！」

虎木《とらき》は手を叩《たた》いて、空気を切り替えろとアイリスにも促す。

ファントムが関わっている刑事事件と類似する何年も前の事件の中から、梁《リアン》の姓が出てきた。

それで直ちに詩澪《シーリン》がファントムだなどと言うつもりはないが、アイリスや未晴《みはる》のおかげで一度は梁 詩澪《リアンシーリン》がどこにでもいる普通の人間だと判断できそうだっただけに、和楽《わらく》の情報は二人の心に暗い影を落とした。

「たまたま苗字《みようじ》が一緒なだけ、って思いたいけどな」

「……和楽《わらく》さんの前では言わなかったけど、シーリンさん、過去に勤め先で強盗事件に遭ったってことがあるらしいの」

「そうなのか⁉」

「日本国内のことだとは言ってなかったけどね。ただ、ムラオカさんのせいで私とあなたの関係を誤解した上での話だったから、そのことは、あなたに伝わる前提で話してるはずよ。だから、ただちょっと特殊な身の上話だっただけの可能性もあるわ」

「……普通は、そうだよな」

最初は、虎木《とらき》が詩澪《シーリン》の態度を不審に思ったことが始まりだった。

ちょっと気になって調査をし始めたところ、詩澪《シーリン》とは直接関係ないところでアイリスと闇《やみ》十字《じゅうじ》騎士団、そして比企《ひき》家に関係する無実のファントムが働く店が、正体不明のファントムの襲撃を受けた。

その事件の中の一つが、過去にあった強盗事件の経緯と類似していた。その全ての事件で『梁《リアン》』の姓を持つスタッフが確認されており、その全員が事件の後に姿を消している。

そして、詩澪《シーリン》の姓は『梁《リアン》』だ。

「でも助かったわ。闇十字《やみじゅうじ》やヒキファミリーに蓄積されたデータの中から、どういうものを洗い出せばいいのか類型がつかめたから。明日にでも解決！　ってことにはならないけど、私や仲間を襲ったファントムを割り出す情報は集められそう。ただこの場合も問題は……」

梁《リアン》詩澪《シーリン》の存在を、どう判断するかだ。

虎木《とらき》は少し考えてから、慎重に口を開いた。

「とりあえず、疑わしきは罰せずだ。今の彼女自身には落ち度も悪いところも無い。たまたま彼女の周囲の状況が、過去の事件と類似する条件を備えてるってだけだ」

「そうね。シーリンさんがファントムとはまるで関わりの無い人なら、たまたま私と一緒に帰宅しただけの彼女に、僅かでも被害が及ぶのは避けたいわ」

明治通りを離れ、ブルーローズシャトー雑司ヶ谷《ぞうしがや》に戻る道すがら、しばし二人は沈黙する。

そして。

「アイリス。お前梁《リアン》さんの家の場所、突き止めたんだよな」

「ええ。それがどうかしたの？」

「梁《リアン》さんをさらに探るにしろ、被害が及ばないように守るにしろ、現状俺ができることったら一つしかない。彼女と、できるだけ一緒にいる。これに尽きる」

何故《なぜ》かアイリスは、自分の左の眉が不自然に歪《ゆが》むのを感じた。

「……具体的に、何をどうするの？」

「出勤のときには家まで送り迎えして、場合によっては多少プライベートも一緒に過ごす」

「そっ……！」

「そ？」

「そ……こまでやる必要、あるかしら？」

「いやあるだろ」

「だ、だって、そんなこと言ったらムラオカさんや、他のスタッフの人や、あと灯里《あかり》ちゃんだって守らなきゃだめじゃない？」

アイリスは自分では理由が分からないが、その案がひどく危険なもののように思え、つい反論を口にしてしまう。

だが虎木《とらき》は困ったように首を横に振った。

「いや、今回はそもそもお前の同僚を襲った事件に梁《リアン》さんが関係してるかもって話なんだぞ。梁《リアン》さん以外に張り付いてたって意味ないだろ」

「それは、そう、そうなんだけど」

理性では、虎木《とらき》の考えが正しいと理解できているのに、自分でも何故《なぜ》こんなに今の案に反発したいのかが分からない。

「そうよ！　ムラオカさん！　ムラオカさんは、わ、私のことあなたの恋人だと思ってるんでしょ？　シーリンさんだってそうよ！　だからなんというか、シーリンさんが気を遣うんじゃないかしら！」

「それは村岡《むらおか》さんが勝手に思い込んでるだけって言えばいいだけのことじゃないか」

「なっ！」

アイリスの頭に血が昇りそうになるが、何とかそれを必死で押し止めた。

「それは、そう……で、でもこの前私、梁《リアン》さんにあなたの彼女かって聞かれて、勢いでそのこと肯定しちゃって、だからこう色々と話に食い違いが出るとマズいかなって」

「あの日は強盗事件もあって気持ちに余裕はなかっただろうし、梁《リアン》さんが強く思い込んでたみたいだから言い出せなかったって言えばいいじゃないか。よくある話だ」

「………」

虎木《とらき》の冷静な正論の機銃掃射で、いよいよアイリスは沈黙してしまう。

「アイリス？」

虎木《とらき》は年の功で、この沈黙が納得の沈黙ではないことに薄々気付いた。

そしてその予想はすぐに証明される。

ブルーローズシャトー雑司《ぞうし》ヶ谷《がや》が見えてきた頃になって、アイリスは勢いだけは吹っ切れたように、だが顔は明らかに不機嫌な様子で言った。

「分かった、分かりました。じゃあそうしたら？」

「おい、何で急に投げやりになるんだよ。お前や闇十字《やみじゆうじ》にも関わる話なんだぞ」

「投げやりになんてなってないわよ。パートナー・ファントムの冷静な分析恐れ入ったわ。それじゃあシーリンさんにはよろしく伝えておいて！　場所は教えてあげるから迎えに行ってきたら！　鍵はかけておくから！」

そして一人でつかつかと先にマンションに入ると、コートのポケットから鍵を取り出して、一〇四号室に入ってしまう。

乱暴に閉じられる自宅の玄関を見ながら、虎木《とらき》は困惑して呟《つぶや》いた。

「だから何でお前がうちの玄関のカギを管理してんだよ……」

※

「近いようで近くないな」

アイリスから渡された、乱雑な地図のメモを参考に歩いていた虎木《とらき》だが、詩澪《シーリン》が住んでいるというシェアハウスの場所はブルーローズシャトー雑司ヶ谷《ぞうしがや》から道をあちこち迂回《うかい》しなければならない場所にあった。

「シェアハウスだって言われなきゃ普通の家に見えるな」

メモに穴が開くほどの強い筆圧で「Here!!」と書かれた場所には白い外壁の一軒家と集合住宅の中間のような建物があり、ふと地面に目をやると、

「で、あれが襲撃現場か」

ほんの少し離れたアスファルトの地面に、不自然な穴が空いていた。

「ここでアイリスと爪のファントムは戦ったんだよな。アイリスの話通りなら相当派手な騒ぎになっていたはずだ」

コンビニ強盗の一件の直後なので、さぞ地域住民を不安にさせたことだろう。

そして、何が一番不自然かと言えば、店も無ければ通り過ぎるでもなく、ただ住宅街でうろうろと人待ちをしている自分が一番不自然かつ不審だった。

詩濡《シーリン》とは別に約束をしたわけでもなく、知り合ってまだ二、三日なので携帯電話やスリムフォンの番号も知らない。

「……こう考えると、尾行とか張り込みとか身辺調査って、難しいんだな」

理由があったとはいえ、アイリスに軽はずみに詩濡《シーリン》の調査などと言ったことを、虎木《とらき》は後悔した。

もしかしたら、アイリスが妙に不機嫌だったのも、そのあたりに起因しているのかもしれない。

闇十字《やみじゅうじ》に腹を立てていたとはいえ、アイリス個人に当たりすぎただろうか。

顔を俯《うつむ》かせ、そんなことを悶々《もんもん》と考えていたそのときだった。

「あれっ？　虎木《とらき》さん？」

件《くだん》のシェアハウスの玄関にいつの間にか詩濡《シーリン》がいて、驚いた顔でこちらを見ていたのだ。

「あ、ああ、梁《リアン》さん、こ、こんばんは」

「はい……こんばんは」

困惑している。それはそうだろう。

知り合って三日目の異性の同僚が、出勤時間に予告なく自宅の前で待機しているのだ。

虎木《とらき》は虎木《とらき》で詩濡《シーリン》の日常を見張りつつ守ればいいというお題目だけが先行し、実際に詩濡《シーリン》に会って何を言うかを考えていなかったことに今更気付いた。

詩濡《シーリン》が何か悪意を抱えているのならこちらの手の内を明かすことになるし、逆に何も知らなければファントムだ闇十字《やみじゅうじ》だと言ったところで信じてもらえるはずもない。

しかも、虎木《とらき》自身は詩濡《シーリン》の家の場所を本人から直接聞いたわけではないのだ。

客観的に見るともはや不審を通り越して意味不明な状態だ。

「い、いや、実はアイリスから、梁《リアン》さんの家の場所聞いてさ」

「そうなんですか……」

静かな返事が妙に引かれているように思えてしまい、虎木《とらき》は冷や汗を必死に押し殺す。

「それでほら、昨日あんなことがあったろ？　その、アイリスから、梁《リアン》さんが不安そうにしてたって聞いて、それで」

自分でもかなり苦しい言い訳だと分かっているし、うっかりアイリスを言い訳のダシに使ってしまった。

かなりの悪手を踏んだことを自覚し、心がみるみるしぼみ始めた虎木《とらき》だったが、

「それで……わざわざ迎えに来てくれたんですか？」

意外にも、ここで詩濡《シーリン》に笑顔が咲いた。

「あ、ああ。アイリスから聞いたけど、なんか前にも強盗とかに遭ったんだって？」

「はい、実はそうなんです」

「あの、ほら、む、村岡《むらおか》さんからもな、深夜やってくれる子は貴重だから、先輩として色々気

を使えって言われててさ、それで、その」

笑顔に向かって畳みかけてゆきながら、折角緊張がほどけたのに、そこで村岡《むらおか》までダシに使って畳みかけるのは人としてどうなのかと心の底の冷静な自分が冷ややかに意見してくる。

心の底の冷ややかな自分よ、何故《なぜ》その意見を俺が口を開く前に出してくれないのか。

虎木《とらき》はそこで言葉に詰まってしまうが、

「そうだったんですか。良かった」

これほどの悪手に対し、何故《なぜ》か詩澪《シーリン》は胸を撫《な》でおろしたように微《かす》かな安堵《あんど》の表情を見せた。

もちろんその安堵《あんど》の方向性によっては更なる針の筵《むしろ》が待っているのだが、詩澪《シーリン》はさしたる違和感もなく続けた。

「まさか入ったばかりの勤め先で強盗に遭うなんて思わなくて……お店は休みじゃないから出勤しないわけにもいかないじゃないですか。まだ三日目だし」

「あ、まぁ、うん」

「私が出勤しないと村岡《むらおか》さん死んじゃいそうだし」

「それは確かに」

「それに、昨夜アイリスさんと別れた後、外で大きな変な音もしてて、それで、ちょっと出かけるのが怖かったんです」

「……そ、そうか」

その音はアイリスと例の黒ずくめファントムとの戦闘によるものだろう。

音を不審がって窓から外でも見られていたら、アイリスの正体が露見していたかもしれないと思うと虎木《とらき》は冷や汗をかく。

「虎木《とらき》さん？」

今までいくらでも不審な部分はあったのに、驚きと不安で喉を鳴らした虎木《とらき》に、なぜかここで詩澪《シーリン》は初めて怪訝《けげん》な表情を見せた。だがその顔もすぐに鳴りを潜め、

「んえっ？」

詩澪《シーリン》ははにかみながら、虎木《とらき》のコートの袖を指先で小さく摘まんだのだ。

「折角なんで甘えさせてもらいますね？」

「お、おう……」

「でも、アイリスさんに怒られませんか？」

「んんっ？　何で？」

つい声が上ずった。

コートの袖を取られたことに動揺したのもあるし、顔を俯《うつむ》かせつつも上目遣いに問いかけてくる詩澪《シーリン》から、また甘い香りがしたからだ。

「だって、彼女さんいるのに……」

「あ……あ、あー！　あー！　それな！」

さっきは自分でアイリスにあんな正論を吐いたくせに、いざこうして面と向かって言われると、それを否定してしまった場合詩澪《シーリン》からスムーズな言葉が引き出せないような気がして、言葉を飲んでしまった。

「い、いや、その、アイリスも、気にしててさ。その、気の回しすぎだとは言ったんだが、怖がってるかもしれないからって……」

「そうだったんですか」

やむを得ない。

やむを得ないのだが、状況を整理すればするほどアイリスをダシに使わないとこの場を取り繕うことができず、取り繕えば取り繕うほど、アイリスをダシにしまくっていることへの罪悪感で押しつぶされそうになる。

「じゃあ、そういうことにしておきます。ふふ」

そして詩澪《シーリン》は詩澪《シーリン》で、七十過ぎの吸血鬼の内心など知る由《よし》もないと言わんばかりに、摘まんだままの虎木《とらき》の袖を引っ張って、歩き出すではないか。

虎木《とらき》も引かれるがままに歩き出し、傍目《はため》にはまるで手を繋《つな》いで歩いているように見えなくもない状態になってしまう。

虎木《とらき》は少しだけ手を引いてみるが、詩澪《シーリン》は袖を摘まんだ指を離してくれない。

迎えに来たという建前上振り払うのも憚《はばか》られ、虎木《とらき》は微妙な距離感のままの通勤を余儀なくされてしまった。

半歩の更に半分だけ。摘まんだ指で虎木《とらき》を引っ張るようにして歩く詩澪《シーリン》の香水の香りがまた冷静な判断力を奪う。

「り、梁《リアン》さんさ」

虎木《とらき》は沈黙と空気に耐えられず、口を開いた。

「はい？」

「今日は、ちょ、ちょっと香水の匂い、強い感じがするな」

「そうですか？　いつもと変わらない量しかつけてないんですけど……さっきまで部屋の掃除して動いてたから、少し体温高いのかな」

詩澪《シーリン》は自分の体を見下ろすような仕草をしながら、唐突に虎木《とらき》の手を取り、握ってきた。

「触ってみて、どう思います？」

「へ⁉　は⁉」

ひんやりとした、柔らかい感触に掌《てのひら》が包まれ、虎木《とらき》は目を白黒させる。

「私、体温高いですか？」

「いっ、いや⁉　別に⁉」

一体何を動揺しているのか。自分は七十過ぎの老人だというのに、詩澪《シーリン》のアクションがいちいち想定を超えていて、つい過剰に反応してしまう。

しかも折悪《おりあ》しく住宅街を風が吹き抜け、詩澪《シーリン》の香水が強く香り、同時に、

「ひゃっ、寒っ」

詩澪《シーリン》は全身をすぼめるように身を竦《すく》め、結果虎木《とらき》の手がより強く握られ、更に虎木《とらき》の体が強く引き寄せられ、肩と肩、二の腕と二の腕が触れ合ってしまった。

「っ〜〜！」

風はすぐに収まり体は離れたが、虎木《とらき》はもう全身冷や汗だらけである。

「早くお店に行きましょ。夜のごはん、おでん買おうかな」

少し早足になった詩澪《シーリン》に手を握られたまま、引っ張られるのもされるがままだ。

呑気《のんき》に歩く詩澪《シーリン》の横顔を伺いながら、虎木《とらき》は真剣に混乱していた。

別に自分が誰と手を繋《つな》ごうと、やましいことは一切無い。

一切無いのに、何故《なぜ》自分はここまで動揺し、混乱しているのだろう。

そうだ、やはりまだ詩澪《シーリン》の正体に疑念があるからで、たとえその疑念が晴れたとしても、詩《シー》澪《リン》と手を繋《つな》いで出勤するところを村岡《むらおか》に見られでもしたら、あのオーナーのことだから際限ないいちゃもんが始まることに間違いはないからだ。

だが今は村岡《むらおか》よりも、アイリスにこの現場を見られたらという恐怖でいっぱいだった。

それこそ今この現場を見られたら、噂《うわさ》のファントムの氷術のような絶対零度の見下げ果てた目で睨《にら》んでくるに違いない。

理由は分からないが確信があった。

だが、二人は別にこの後何時間も歩くわけではなく、すぐ前方に救いの光が見えてきた。

池袋東五丁目店が見えてきたのだ。

まさか店に入ってまで手を繋《つな》いだままということはあるまい。

そんなことを考えていたときだった。

闇を見通す吸血鬼の目は、確かにとらえた。

店内から漏れる逆光。自動ドアが開き、中から出てくる客、いや、人物の姿を。

「ん？　あれ？」

そして後ろから暗い夜道に光が照らされているその人物は、人間の目であろうと容易にこちらの姿を捉えたのだった。

「あ、虎木《とらき》さん！　おーい」

「んひっ」

虎木《とらき》は喉の奥で悲鳴をあげ、詩澪《シーリン》はそんな虎木《とらき》と、コンビニから出てきてこちらに手を振る少女を見比べた。

虎木《とらき》は決して信心深くない。

吸血鬼が神様なんてという話ではなく、吸血鬼になる前の昭和の時代から、虎木《とらき》家の信仰は葬式仏教だった。

だから何かを熱心に信仰しているわけでもないが、この時ばかりは神を恨んだ。

何故《なぜ》、どうしてこのタイミングで店の中から村岡灯里《むらおかあかり》が現れるのだ。

シーリンと手を繋《つな》いでいる状態を灯里《あかり》に見られれば、後々何が起こるか全く予想できない。

虎木《とらき》が、何だか分からない色々なものの終わりを覚悟したその瞬間だった。

「こんばんは虎木《とらき》さん」

灯里《あかり》が近くに駆け寄って来たときにはもう、詩澪《シーリン》は不自然でない程度に虎木《とらき》から半歩離れていた。

緊張していたにしろ、握られていた手が離されたこと自体に気付けないくらいに、自然すぎる身のこなしだった。

虎木《とらき》は詩澪《シーリン》の行動に違和感を抱き視界の隅に入れつつも、灯里《あかり》に挨拶を試みる。

「や、やあ灯里《あかり》ちゃん、学校の帰りか？」

「そんなわけないでしょ。ピアノのレッスンの帰り」

なるほど、よく見れば灯里《あかり》は私服姿だったが、そんなことにすら目が行かないほど虎木《とらき》の心理は追い詰められていたようだ。

「あー、もしかして、お姉さんが新しくお店に入ってくれた方ですか？」

虎木《とらき》の動揺をよそに、灯里《あかり》は詩澪《シーリン》の方に向き直って小さくお辞儀する。

「初めまして。オーナーの村岡《むらおか》の娘で、灯里《あかり》と言います」

先日夜中にやって来た時のような陰や険は、もう灯里《あかり》には見当たらなかった。

まだ母親が戻って来たわけではないはずだが、父の職場の人間に礼儀正しく頭を下げる姿は、屈託のない年相応の姿だった。

「初めまして、梁詩澪《リアンシーリン》です。お父様にはお世話になっています。よろしくお願いします」

追い詰められていた虎木《とらき》とは違い、詩澪《シーリン》は全く何食わぬ顔で、雇い主の娘に頭を下げた。

「中国の人って聞いてたんですけど、日本語凄《すご》く綺麗《きれい》ですね」

「そうですか？　ありがとうございます。まだ勉強中なんです」

「最近私の身近にいる外国の人、みんな日本語ペラペラだから落ち込みます。私、英語の成績全然なんで」

「慣れですよ。灯里《あかり》さんも、一人きりで外国で生活すれば、嫌でも喋《しゃべ》れるようになります」

「そんなハードモードは嫌だなぁ」

ある側面では正しい詩澪《シーリン》の意見に、灯里《あかり》は愛想《あいそ》のよい苦笑を浮かべる。

「たまにお店に買い物しにくるので、その時はよろしくお願いします」

「はい。こちらこそ」

オーナーの娘と新人アルバイトの和やかな初対面が終わりを迎えたとき、灯里《あかり》が虎木《とらき》を見て、妙なことを言い出した。

「あ、そうだ。ちょっと虎木《とらき》さんに個人的に話しておきたいことがあるんで、いいですか？」

「はい。じゃ虎木《とらき》さん。私お先に。灯里《あかり》さん、失礼しますね」

詩澪《シーリン》は素直に頷《うなず》き、先に店に入って行った。

それを二人で見送り、外から詩澪《シーリン》がスタッフルームに入ったのを見届けてから、灯里《あかり》は急に虎木《とらき》を振り返った。

「今手ぇ繋《つな》いでたよね?」

「ひぐっ⁉」

そして開口一番これである。

全く予想だにしなかった一撃に、虎木《とらき》は動揺を全く抑えられなかった。

「逆に無いわ。そのビビり方」

そのせいで、呆《あき》れられてしまった。

「いや私は知ってるよ? お父さんは勝手なこと言ってるけど、虎木《とらき》さんとアイリスさんが本当の意味では恋人同士じゃないってことはさ」

「お、おう……」

「でも今の完全に、浮気《うわき》現場を共通の友達に見られたって感じじゃん」

「な、な、何が浮気《うわき》だ⁉」

「ほら、そういうとこ。何かやましいことしてました感見え見えなんだもん。虎木《とらき》さんそういうんじゃないと思ってたけど、やっぱ男ってどっかそーいうとこあんだね」

「何だよそーいうとこって！」

「虎木《とらき》さんさぁ、もう大人でしょ？　少しは自重しなって」

吸血鬼の沽券《こけん》に懸けて反撃したが、女子高生には全く通じなかった。

灯里《あかり》は渋い顔をしながら店の方を伺うように声のトーンを落とす。

「オーナーの娘の立場で新しいスタッフの人のことをとやかく言いたくないけどさ、知り合ってすぐ男の人と手繋《つな》ぐような女の人は、どんなに美人でもやめといた方がいいって。絶対それまでの人間関係壊すやつだよ」

「いや、あれはそういうんじゃなくて、話の流れで……」

「話の流れで手繋《つな》がれたとしても、その気がないんなら振り切りなさい。何されるがままになってんのよ」

返す言葉も無いとはこのことだ。

虎木《とらき》が俯《うつむ》いていると、灯里《あかり》は急に悪戯《いたずら》っぽい顔をして、空を仰いで見せた。

「あーあ、どうしよう。アイリスさんに言っちゃおうかな」

「えっ⁉」

「この前連絡先教えてもらったから。虎木《とらき》さんと新しいバイトの人が仲良く手繋《つな》いで出勤してきたーって言ったら、どんな反応するかなぁ」

「ま、待ってくれ。色々待ってくれ！」

完全に脅迫である。

何故《なぜ》そうなるのかは虎木《とらき》自身も分からないが、これは明らかな脅迫である。

「えー何でー？　だって別にアイリスさんは彼女じゃないんでしょ？」

「そうだけど、違うけど、今それはなんかマズいんだって。俺自身よくわかんないけどマズいから、それだけは勘弁してくれ！」

もはやその場で土下座しかねない勢いの虎木《とらき》を見て、灯里《あかり》は我慢できずに噴き出した。

「めっちゃ必死じゃん」

「昨日の事件の話聞いたろ？　そのときアイリスも梁《リアン》さんと顔合わせてんだ。それからなんか、梁《リアン》さんの話題になると変なときに機嫌悪いんだあいつ！」

「へー！　そっかそっかー！　ふーん！」

「な、何だよ！」

「ううんなんでも。でも虎木《とらき》さん全然そう見えないのに、案外女癖悪いんだね」

「本当勘弁してくれ、誤解だって。灯里《あかり》ちゃんの年齢《トシ》で女癖とか言うなよ」

年齢のことを言うなら、虎木《とらき》こそ七十過ぎて吸血鬼なのに、二十歳前の小娘相手にしどろもどろになっているのがあまりにも情けない。

自分でも、まさかこんなに女性との付き合い方がヘタクソだとは思いもしなかった。

「だって何かこの前、お店に沢山女の人が虎木《とらき》さん目当てに押しかけて来たって」

「ニュアンスがおかしい！　そんなんじゃないから！」

ここにきて闇十字《やみじゅうじ》どものガサ入れが効いてくるのかと思うと、虎木《とらき》は泣きたくなってきた。

「それにお父さん言ってたけど、梁《リアン》さんだって、虎木《とらき》さんがいるから応募してきたんでしょ？」

村岡父娘《むらおかおやこ》はほんの半月前までかなりな断絶をしていたくせに、何故《なぜ》そんな余計な情報は仲良く共有しているのだ。

虎木《とらき》は溢《あふ》れる感情を押さえつつ、冷静を装《よそお》って言った。

「いやいや灯里《あかり》ちゃん、ちょっと冷静になって考えてくれよ」

「何を？」

「灯里《あかり》ちゃんの目から見て、ロクに話したことのない店のアルバイトの男って、どうだ？」

虎木《とらき》としてはアイリスにしたのと同じ問答をし、灯里《あかり》の勘違いを是正しようと試みた。

すなわち、そんな発言は詩澪《シーリン》の口から出まかせの与太であり、真実ではないという意味だ。

「は!?」

だが灯里《あかり》はなぜか、眉根を寄せて汚いものを見るような目で身を引いた。

「え……待って虎木《とらき》さん。流石《さすが》にそれは。この話の流れで私にそういうこと聞く？」

虎木《とらき》はその瞬間、また信じがたい悪手を踏んだことに気付き、気分的にその場で灰になりたくなった。

「いやちょっと待て。何か誤解してる。俺は別に灯里《あかり》ちゃんにモーションかけようとかそんなことは考えてない。一般論での話だ」

「モーションて、ええ？　二重に無いわぁ」

半信半疑の様子の灯里《あかり》だが、眉根を寄せたまま少し真面目に考える。

「つまりお客として行った店の人と付き合えるかって話でしょ？　そんな人いくらでもいるでしょ」

「違う違う。それは付き合ってる人がたまたまそこの店員になったかやってるかってだけだろ。それこそレジの会計くらいしか会話の無い店員を見て、頼りがいありそうとか、格好いいとかって思ったりするか？」

「するね。割と」

「えっ⁉」

否定の言葉が飛び出てくるかと思った虎木《とらき》は、意外な返答に驚きを隠せなかった。

「よく行くエリアで入ったお店の店員さんがイケメンだったり、さわやかだったり、いい声してるとかあれば、普通に何度もその店使うし」

「そ、そういうもんなのか？」

「そういうもんだよ。だってだらしなかったり無愛想な感じの人がやってるお店とか嫌じゃん。買い物でレジ通すときその人の手を一回は経由するわけだし。だったら感じの良い人の店行きたいって、普通じゃない？」

灯里《あかり》の意外な返答に虎木《とらき》が言葉に窮していると、灯里《あかり》は更に続ける。

「『感じが良い』ってのも、若いイケメンに限った話でもないしね。お客の立場だったらちゃんと仕事してる人としてない人って結構分かるじゃん」

「まぁ……それは確かに」

アイリスはこの話については虎木《とらき》と大筋で同意見だったため、物事を見る方針が一か所に固定されてしまっていた。

だが今これまでのことに関係のない灯里《あかり》から、一般論として真逆の意見が飛び出してきた。

一体どちらを考える材料として採用すべきかを考えると、間違いなく灯里《あかり》の方だ。

何故《なぜ》ならアイリスは、人間の男性スタッフがいるような店で買い物をしない。

「そっからそのお店の人と個人的にお付き合いしたいと思うかはケースバイケースだろうけどね。でもその人がいるお店でバイトしようってのは理解できるよ。だって客と店員の関係のまま
まじゃまずチャンス無いじゃん」

「ま……マジか」

そうなると、詩澪《シーリン》のアルバイト志望動機も、あり得ることとして受け止めなければならないのだろうか。

そして狼狽《うろた》えている虎木《とらき》を見て、灯里《あかり》は何かを察したように店を振り向いた。

「え、まさかあの人、虎木《とらき》さんに面と向かってそんなこと言ったの？」

「まぁ、その……」

「……なんだろ。お国柄の違いとかあるからあんま立ち入ったこと言えないけど、やっぱ手はさ、いきなり繋《つな》ぐもんじゃないでしょ、きっと」

灯里《あかり》はやや困惑しつつも、最後は幾分真面目な調子で言った。

「少なくとも、アイリスさんに言われて困るんならもうちょっと毅然《きぜん》としなよ。お父さんのテンションだと、どこをどう巡って誰の耳に入るか分かんないしさ」

「心します……」

不肖の吸血鬼虎木由良《とらきゆら》、女子高生に世の中の真理の一端を諭され、完全降伏したのだった。

「っと、ごめん、何か話し込んじゃったね。時間、大丈夫？」

「ああ。余裕持って出てきたからあと五分ある」

「そっか。まぁこの後も二人きりなんだろうけど、あんまアイリスさんの機嫌、損ねないようにね。今は彼女さんじゃなくても、将来分かんないんだからさ！」

最後はもう完全に慰められてしまっている。

「……将来の話はもう勘弁してくれ」

詩澪《シーリン》が現れて以来何かと耳につく言葉だが、若い姿のまま百年以上生きられる吸血鬼でありながら、最も縁遠い言葉だ。

照れているわけでも否定したいわけでもなく、現状の虎木《とらき》から将来のビジョンは到底生まれるはずもない。

だがそれを灯里《あかり》に言っても仕方のないことだ。

灯里《あかり》はもちろん、アイリスにも詩澪《シーリン》にも当たり前にあるものが、今の虎木《とらき》にはない。

「それじゃ、お疲れ様。ばいばい」

「ああ、気を付けてな」

灯里《あかり》はレジ袋を振りつつ、軽く手を挙げて帰って行った。

「愛花《あいか》を倒した後、俺に将来なんてあるのかね」

店の中を見ると、詩澪《シーリン》は既に着替えてレジに入っていた。

今まで接したことのない詩澪《シーリン》の人柄に混乱し、あれこれと身の回りで起こることに邪推を働かせてきたが、虎木《とらき》の身の上に直接あったことと言えば、闇十字騎士団《やみじゅうじ》にガサ入れされたことと、勤め先のスタッフが一人増え、強盗未遂事件という世間的にはそれほどショッキングでもないことが起こっただけ。

それ以外のことは、ほぼ虎木《とらき》の一人相撲だ。

確かに詩澪《シーリン》の距離の詰め方に戸惑うことは多いが、灯里《あかり》の言う通りその都度毅然《きぜん》と対応すれば、自然と詩澪絡《シーリンがら》みの問題は鳴りを潜める気がしてきた。

闇十字《やみじゅうじ》騎士団や比企《ひき》家の関係するファントムが襲われたという事件は、虎木《とらき》には直接的な関係は無い。

この年末は仕事をしっかりこなして、いずれ起こるアイリスからの無茶ぶりだったり、愛花《あいか》との次なる対決に備えて金と力を貯《た》めておくことが肝要だ。

その流れの中で、『人間に戻る』というの人生の大目標に接する機会は、大きく増えることになるだろう。

将来の夢などというものは、本来の目的を達成してから考えればいい。

思いがけず自分の人生に大きく関わることを考えながら自分も店に入ると、レジの中にいる詩澪《シーリン》が顔を上げてスタッフルームの方を指さした。

「村岡《むらおか》さんが呼んでましたよ。大事なことだって言ってました」

「分かった。なんだろ」

誰かと会話するたびに気負うことが増えていくので、突然の指名に嫌な予感を覚えたが、スタッフルームに行くと、なかなか見られないしゃっきりとした村岡《むらおか》がそこにいた。

「昨日は営業的には大打撃だったけど、その代わり早く帰れたから、思いの外寝られたんだよね！」

しゃっきりできた事情は大分重いものだった。

「申し訳ないんだけど、これから昨日の件で警察行かなきゃなんだ。そんなにかからないとは言われてるんだけど、しばらく梁《リアン》さんと二人で店のことお願いね」

「分かりました。何か申し送りありますか？」

「トラちゃんの友達のおかげで、実質被害ゼロだからね。夜中だと難しいだろうけど、頑張ってクリスマスケーキの予約取ってほしいくらいかな。あと十個で今年の目標達成なんだ。ああ、頑張りついでに梁《リアン》さんに、予約商品の扱いとか教えてあげて」

二人はスタッフルームの壁のカレンダーを思わず見やる。

十二月の中下旬と言えば、コンビニ業界はどこもクリスマスケーキの販促に必死である。

池袋東五丁目店は、経営上は村岡《むらおか》がオーナーのフランチャイズ経営だが、それはそれとしてケーキの販売目標を必達しなければならないことに変わりはない。

幸い村岡《むらおか》はアルバイトスタッフに内販を強制するようなタイプではないし、単純に村岡《むらおか》の手腕なのか、虎木《とらき》が勤めるようになってから目標を達成しなかった年は一度も無い。

「トラちゃん今年はアイリスちゃんいるんだから、一番小さい4号の、どう？」

「いつまで経《た》ってもあいつが彼女じゃないって村岡《むらおか》さんが分かってくれないので、絶対に予約しないって決めました」

「分かった。ろうそくは火つけたら爆発するやつにしとくよ。それじゃ行ってくるね」

「はいはい。気を付けて行ってきてください」

「ところで昨日の和服美人は一体どういう関係の人なの？」

「とっとと行ってきてください」

これ以上真綿で首を締められるようなストレスを増やして溜《た》まるかと、虎木《とらき》は村岡《むらおか》をスタッフルームから叩《たた》き出《だ》す。

「梁《リアン》さん、出かけてくるから、しばらくトラちゃんと二人でよろしく。レジ回りとか教わってないこと教えてもらって。あと昨日の今日だから、緊急通報装置の場所、ちゃんと確認しといてね」

虎木《とらき》相手だと軽口ばかり叩《たた》くが、ああ見えてきちんと言うべきことを言い、やるべきことをやっているのだから憎めないのだ。

「分かりました。お気をつけて」

「この辺の巡回も増えてるみたいだし、今日が多分一番安全だよ。それじゃ」

戦争映画やホラー映画なら絶対に言ってはいけないことを言って村岡《むらおか》は笑いながら出て行った。

見送った詩澪《シーリン》は、スタッフルームから出てきた虎木《とらき》を見て、蠱惑《こわく》的に微笑《ほほえ》む。

「二人でよろしくですって」

「……ああ、うん」

意味深に村岡《むらおか》の言葉を切り取る詩澪《シーリン》だが、灯里《あかり》とあんな話をした後なので虎木《とらき》は無心でその笑顔を視界からシャットアウトする。

「とはいえ、今日は十一時に搬入が来るまでは基本的に通常レジ業務しかやること無いんだよな。だからタバコと、後はペットボトルの補充でも……あれ？」

暇な時間ができるとまた詩澪《シーリン》の行動に勝手に翻弄されてしまいそうな気がしたので、詩澪《シーリン》を忙しくするためにどんな仕事を振るべきか考えたその瞬間、

「……ただいまー」

今出て行ったはずの村岡《むらおか》が、浮かない顔で戻って来た。

「あれ？　どうしたんですか？」

「……ああ、トラちゃん、その」

顔色が妙に悪いが、まさか本当に何かのトラブルが起こるフラグだったのだろうか。

虎木《とらき》は息を呑《の》むが、村岡《むらおか》は情けない顔をしてズボンの左右のポケットをぱたぱたと叩《たた》いて言った。

「どっかで僕の携帯見てない？　忘れちゃったみたいで」

「なんだ！　深刻な顔をしてるから何かと思ったじゃないですか！」

「裏にあるんじゃないですか？　私見てきますよ。どんな形ですか？」

「ごめんね。黒い折り畳み式のガラケー」

詩澪《シーリン》がさっと動いてスタッフルームに駆けてゆく。

その後ろ姿を見ながら、村岡《むらおか》は虎木《とらき》の方を見ずに言った。

「二人きりの時間が長く続くと思わないでね、可能な限り早く帰ってくるから」

「分かりました。どうしても俺を異性関係にだらしない奴《やつ》にしたいみたいなんで、俺はこれからストレスで体調を崩してこの後のシフト全休みします」

「ごめんなさいそれだけは本当に勘弁してください僕が悪かったです」

年末年始シフトを人質に取るのは意外に効くと判明したので、次からこの手で村岡《むらおか》を黙らせることを虎木《とらき》は心に決めた。

「ありました、これですよね」

すると詩澪《シーリン》が、年季の入った黒い携帯電話を手にやってきた。

「よかった。やっぱ店にあったんだ。ありがとね」

詩澪《シーリン》の手から携帯電話を受け取ると、村岡《むらおか》はほっとしたようにそれをポケットに入れる。

「スリムフォンに変えないんですか？　流石《さすが》にガラケーだと仕事でも不便じゃありません？」

虎木《とらき》がそう言うと、村岡《むらおか》は少し困ったように首を傾《かし》げた。

「言うほど不便じゃないよ。それに大した事じゃないけど、一応変えたくない理由もあるし」

村岡《むらおか》はそう言うと、再びポケットから携帯電話を取り出し、手慣れた手つきで電池パックを外す。

「プリですか？」

「お、梁《リアン》さん知ってる？　中国にもプリってあるんだ。これね、僕が娘と撮った最初で最後のプリなの」

電池パックの裏にプリントシール。

何とも時代がかった仕込みだが『娘と撮った最初で最後のプリ』という言葉の並びがやたらと重い。

プリの小さなシートでは見づらいが、電話と同じく貼られてから相当時間が経過していることが、印刷の掠《かす》れと小学生と思《おぼ》しき灯里《あかり》の年代からも見てとれた。

「もう閉園しちゃったんだけど、富島園《ふしまえん》って遊園地があってね。家族で行ったときに撮ったやつなんだ」

村岡《むらおか》は微笑《ほほえ》むと、電池パックをもとに戻し、携帯電話をポケットにねじ込んだ。

「今はなんか、プリの機械からネットで落書きした写真そのもののデータ取れるんでしょ？でもこれ撮ったやつはかなり古い型落ちの機械だったみたいでそんな便利機能なくてさ。貼って随分経《た》つから剝がせなくなっちゃってて、それでね」

思い出が貼られた携帯電話を、処分する気になれない、ということか。

「娘さんは、そのときのシートの余りを持っていないんですか？」

詩濡《シーリン》の問いに、村岡《むらおか》は軽く肩を竦《すく》めた。

「さあ、聞いたことないけど、父親と撮ったプリなんかあの年頃の女の子が律義《りちぎ》に取っておくかなぁ？まぁ、あったとしてもね、そういうんでもないんだよ」

「え？」

「この一枚は、この一枚しかないんだ。家族で遊びに行って、中学上がる前にちょっと生意気成分が入ってきた娘がさ、親と一緒に不承不承撮ったものなんだ。それでも何も知らない親父《おやじ》の前で得意げに落書きはこうするもんなんだって講釈垂れて、友達とやるようにその場で鋏《はさみ》で切って渡してくれたものなんだ。友達に見られると恥ずかしいから、見えないところに貼ってなんて言ってさ。同じ写真が別に存在したとしても、この一枚の換えはどこにもないんだよ」

しみじみとした顔で語る村岡《むらおか》。

「……あの、さっきの灯里《あかり》さんが、村岡《むらおか》さんの娘さん、なんですよね？　生きてますよね？」

詩澪《シーリン》が不安そうな顔で虎木《とらき》に耳打ちするくらい、聞きようによっては『娘』の現在に対して重度の誤解が生じかねないほど用いられたワードが重すぎる思い出話だった。

だが子に対する親の思いの重さは、身近な人間のおかげで虎木《とらき》もよく分かっている。

肝心なのはプリントされた写真そのものより、そのシールがそこに貼られたときの思い出と体験なのだ。

「あれっすよね。ピンボケしてても家族や子供の写真って捨てられないですもんね」

「それなんだよー。いや僕もね、スリムフォンに変えようとは何度も思ってんのよ。これもう関節がバカになっててさー。でもねー……」

村岡《むらおか》はその後もひとしきり、結局のところスリムフォンに機種変更する気はないことを述べてから、長話し過ぎたことに気付き、慌てて店を出て行った。

「家族の写真って……そんなに捨てられないものですか？」

出て行った村岡《むらおか》をぼんやり見送っていた詩澪《シーリン》が、ぽつりと言う。

「人によるとは思うけど、俺はこの件に関しては村岡《むらおか》さん派だな。今と違って昔は写真は撮り直しがきかなかったし、現像するまできちんと撮れてるかどうかも分からない。今よりもずっと特別なものだったから余計にな」

「今とは違ってって、虎木《とらき》さん、なんだかおじさんみたいなこと言うんですね」

「え？　そ、そうか？」

村岡《むらおか》にほだされ本来の世代感覚でものを言ってしまい、虎木《とらき》は一瞬焦《あせ》る。

だが詩澪《シーリン》は特に気にしなかったようで、複雑そうな表情で身を翻《ひるがえ》すと、珍しく言葉少なにカウンターの中へと戻った。

「灯里《あかり》さんはいいですね。お父さんに愛されていて」

「ん？　ああ」

虎木《とらき》は戸惑った。

これまで明るい感情と距離の詰め方が早い積極性だけが見えていた詩澪《シーリン》の口から、仄《ほの》かに暗い感情が見えたからだ。

気を付けていなければ見逃しそうなその微《かす》かな気配に自身も気付いたのか、詩澪《シーリン》はぱっと顔を明るくして虎木《とらき》に尋ねた。

「虎木《とらき》さんは、やっぱりお父さんと殴り合いとかしたんですか？」

「いきなり何」

会話の流れとして家族をテーマにした別の話題にシフトしようというのは分かるが、いくら何でももうちょっと適切な質問は無かったのだろうか。

一瞬詩澪《シーリン》が日本語の選択を間違えたのかとも思った虎木《とらき》だが、

「男の子なら誰でもお父さんと対立して拳で語り合う時期があるんじゃないんですか？」

拳で語り合うとはまたもってまわった言い方を、一体どこで覚えたのやら。

どうやら詩澪《シーリン》の中で、男の子は父親と殴り合う経験があるのが普通という認識らしい。

「男なら誰でもみたいな一般化していい話じゃないよ。少なくとも俺には経験無い」

「みんなそういうものだと思ってました。身近な人達は、大体そんなこと言ってたので」

「それって通ってる学校の話？　それとも上海《シャンハイ》の頃の話？　どっちにしても、よっぽど荒れた過去でもない限り、親と殴り合ったなんて言ってる奴《やつ》の大半はまずフカしだと思うよ」

「フカし？」

「ああ、見栄《みえ》を張ったり、場を盛り上げるための嘘《うそ》みたいなやつ。俺の……」

生まれた頃、と言いそうになり、ふと和楽《わらく》の今の顔を思い浮かべる。

「俺の祖父《じい》さんの頃だって、実際にそんなことしてる奴《やつ》一部だけだったっていうから」

「……聞いてもいいですか？　虎木《とらき》さんのご両親って、どんな方なんですか？」

「殴り合いはしたことないね。まぁ」

虎木《とらき》は小さく苦笑した。

「両親ともガキの頃に死んじゃってさ。親の本当の厳しさっての、知らないんだ」

「あっ」

流石《さすが》の詩澪《シーリン》も、マズいことを聞いたと思ったのか息を呑《の》んだ。

「ごめんなさい、私……」

「いいよ。親が死んだことを悲しめる年齢ではあったけど、その後も親戚がきちんと愛情注いでくれたから、まぁ、辛《つら》い思い出ってのはそんなに」

まぁ、の部分に、吸血鬼として生きなければならない苦労の大半が凝縮されているが、それを詩澪《シーリン》に言ったところで仕方がない。

そのとき、入店のメロディが鳴り、虎木《とらき》と詩澪《シーリン》ははっとなって入り口を見る。

「「いらっしゃいませー」」

眼鏡をかけたスーツ姿の男性。おしゃべりしながら入って来た学生と思《おぼ》しき女性二人組、払い込み用紙らしいものを持ったお年寄りが一人。

そしてその後ろから、搬入の台車を引いた納入業者の男性が連続して入って来た。

「搬入受け取るから、梁《リアン》さん、レジ頼む。お客さんがいなくなったら、陳列の仕方とか教えるから」

お客が来たことで仕事が発生し、話題が途切れる。

パンや菓子類、背の低いパック飲料が詰め込まれた、番重《ばんじゅう》と呼ばれるコンテナを店の奥に下ろしてもらい、バーコードで読み取り検品をしながら商品を丁寧に並べてゆく。

店内のお客が捌《は》けたタイミングを見計らい、虎木《とらき》は詩澪《シーリン》を手招きした。

「これから搬入と検品教えるけど、覚えること多いから、メモ取っておいてもらえるかな」

「分かりました！」

詩澪《シーリン》が制服のポケットからペンとメモを取り出す。

その姿を見た虎木《とらき》は、この数日の間でようやくまともに新人と仕事ができたという実感をかみしめていた。

「並べ始める前に、まず残ってる期限内の商品を全部レジのある方に寄せて。こっちのおにぎりとかは向かって左側。こっちのパンの棚は右側に」

「どうしてレジ側に寄せるんですか？」

「お店としては期限が短い商品を買ってもらいたいだろ。で、搬入の最中はどうしても店員や番重《ばんじゅう》でお客さんの動線を邪魔することになる。搬入されたての商品をガードして、もとからあるものを買ってもらって在庫を少なくする戦略なんだ」

詩澪《シーリン》はレジと番重《ばんじゅう》と検品端末を操作している虎木《とらき》を何度も見てから頷《うなず》いた。

「もちろんお客さんから新しいのが欲しいって言われたら渡して。あとこの時間ありがちだけど、まだ並べてない商品を番重《ばんじゅう》から直接取ってくお客さんがいるんだ」

「あ、やっぱりそれダメなんですね」

「一声かけてくれりゃいいんだけど、この陳列作業は同時に商品の検品作業を兼ねてるから、検品前に持って行かれると納入数と登録数が合わなくなって仕入れの数字がおかしくなるんだ。特に定番商品なんかバーコード変わらない上に数もあるから、いざ登録数が違うってなったらもう」

虎木《とらき》は固い表情で、遠くを見つめた。

「原因究明のために村岡《むらおか》さんが仕入れの帳簿と売り上げジャーナルと、何時間もにらめっこすることになる。村岡《むらおか》さんの心が死ぬ」

「そ、そうですか……」

「この検品も、簡単なようで覚えることや気を遣うことが沢山ある。番重《ばんじゅう》の色の違いにはちゃんと意味があるし、今は二人でやってるからいいけど、きっとそのうち、一人で回す時間がどうしても来るから、それまでにじっくり時間をかけて覚えてくれ」

「……私一人で、できる日って、来るでしょうか……」

虎木《とらき》が珍しく早口で色々なことを言ったから混乱しているのか、詩澪《シーリン》は少し消沈したような、戸惑ったような様子を見せた。

「前の店ではここまでやらなかったんだ」

「前の店……？　あ、ああ、そうです。ずっとレジだけで……」

「珍しく弱気だな。大丈夫。俺も最初覚えるのに大分手間取ったけど慣れれば大したことじゃないし、真剣に仕事やってる人が何か間違えても、村岡《むらおか》さん怒ったりしないから」

「分かりました。検品は、その端末を使うんですよね？」

詩澪《シーリン》が身を乗り出して、虎木《とらき》が番重《ばんじゅう》の角に置いた検品端末の画面をのぞき込む。

「ああ、それが……」

そのとき、また詩澪《シーリン》の香水の匂いをはっきりと感じる。

「ああ、その、それの扱い方はまた今度教えるから、今日は物の並べ方だけ……」

一瞬、めまいに似たような感覚がよぎり視界が暗くなった気がしたが、すぐにその感覚は消え去った。

「一個一個並べてると一人のときとか回らなくなるけど、かと言って一度に二個三個摑《つか》むのは意外とコツがいるんだ。商品が汚くなったり壊れたりしないように、こう……」

その後はそれ以上違和感もなく、二人がかりでの検品を終える頃には、既に日付が変わり、時計は午前一時を指していた。

「村岡《むらおか》さん、遅いな。早く帰ってくるって言ってたのに。時間かかってるのか」

強盗未遂事件の事後処理の聞き取りがどれだけかかるのか、警察関係者の親戚がいても分かりはしないが、九時過ぎに出て行って日が変わるまで戻ってこないということなどあるだろうか。

まさか村岡《むらおか》に限って勢いで自宅に帰ったりはしていないだろうが、この時間では自宅の電話に確認を入れるわけにもいかないし、

「携帯も出ないな」

店の電話から携帯電話にかけても応答はなく、留守番電話サービスに切り替わるだけだ。

ことが警察に関わることなのであまりしつこく確認するわけにもいかず、とりあえず状況確認のメールだけ入れて、窓際《まどぎわ》の書籍コーナーの乱れを整えていると、

「虎木《とらき》さん、外の掃除、終わりました」

そこに、店の前の掃除をしていた詩澪《シーリン》が戻ってきた。

フロントマート池袋東五丁目店はゴミ箱が店内にあるタイプの店舗なので外ゴミ箱タイプの店に比べてそこまで店の周りが汚れることはない。

それでも六時間ごとに店の周りを清掃しないと、コーヒーの空き缶やたばこの吸い殻、よその店のビニール袋に包まれた弁当のゴミなどが必ず出現しているのだ。

土地柄不良などがたむろするような立地ではない。

だからこそ地域に普通の顔をして当たり前のようにゴミを放置していく人がいるということでもあるため、この掃除のタイミングが虎木《とらき》はいつも憂鬱になる。

「あー、結構あったんだな。お疲れ」

詩澪《シーリン》が手にした袋の膨らみ方から虎木《とらき》は顔を顰《しか》めるが、詩澪《シーリン》は何でもないことのように首を横に振る。

「言ったら何ですけど、上海《シャンハイ》じゃ場所によってはこんなレベルじゃ済みませんから、全然大したことないですよ」

「そういうもんなのか？」

「タワーマンションの高層階のベランダから生ごみポイ捨てして下の人に当たって事件になったことがあるくらいですから！」

　そんなことで張り合われても困ってしまうが、本当なら恐ろしい話だ。

「ところでもう、村岡《むらおか》さん帰ってこないんでしょうか」

「そんなはずないんだけどな。何回か電話やメールはしてるんだけど反応なくて、まぁ多分まだ警察にいるんだと思うけど……」

「ものすごく疲れてるみたいだったから、うっかり帰っちゃったんじゃないですか？」

　虎木《とらき》もその線を考えなかったわけではない。

　確かにここ数日の村岡《むらおか》は、いつになく過労気味ではあった。

　なまじ詩澪《シーリン》が入ってきてくれたことで年末年始の深夜シフトが埋まったせいで、逆に彼女を最低限仕事ができる状態に持って行くためにより無理をしていた傾向はある。

　だが村岡《むらおか》は言動が軽い割には仕事に対する熱意と誠意は本物で、最初に決めたことを従業員に何の連絡も無しに変更したことは、虎木《とらき》の知る限り一度も無い。

ただ、早く帰ってくるというのは村岡《むらおか》の口から出た言葉に過ぎず、未遂でも強盗事件ともなれば、直接の被害者は後処理であろうと事情聴取を受けるものなのかもしれない。

「このあと朝まで、村岡《むらおか》さんがいないと大変なことって、何かあるんですか？」

掃除で使ったポリ袋を結んで店内のゴミ箱に放り込んだ詩澪《シーリン》が尋ねてくる。

「んー、まぁ無いっちゃないんだよな。普段は俺一人でやってるし、特別な引き継ぎも無いし、それにまぁ、これくらいの時間になると捌《さば》けないような数のお客さんが来ることもないし」

「じゃあ、もう少し待ってみませんか？　やっぱり刑事事件だから早く帰れないのかもしれませんし。私、ちょっと手洗ってきますね」

詩澪《シーリン》はそう言うと、虎木《とらき》の側《そば》を通り抜けてスタッフルームの方へ歩いてゆく。

その瞬間、またあの香水の匂いがした。

こころなしか、さっきよりも香りが強くなっている気がした。

「ああ、分かった」

虎木《とらき》はつい詩澪《シーリン》の背を目で追ってしまい、彼女の姿が消えた途端、はっとなって首を振る。

「いやいやいや」

適当に独《ひと》り言《ご》ちた虎木《とらき》はそのまま書籍コーナーの整理を終え、ざっと店内を見回ってからレジに戻る。

お客がおらず、定期的な業務も無い。

その上、普段なら気が付いてやる雑務も、今は研修のために詩澪《シーリン》にやらせなければならない、空白の時間。

「今日は、客数少ないのかな」

レジ前の肉まんやフライドチキンといったＦ　Ｆ《ファストフード》がかなり残っている。

普段なら日付が変わる頃には売り切れるものもちらほらあるはずだが、今日はどのラックにも商品が残ってしまっていた。

強盗未遂事件の影響かとも思って深く考えなかったが、何気なくレジを操作して見た日中のジャーナルは、普段と変わらない数字に見える。

「何見てるんですか？」

すると、いつの間にそこにいたのか、詩澪《シーリン》が虎木《とらき》の手元を覗《のぞ》き込んでいた。

「売り上げジャーナル。時間帯とか商品の系統別とかで、売り上げのデータが見られるんだ」

またあの香り。

さっきすれ違ったときより更に香りが強くなった気がする。

強くなった気がするが、何故《なぜ》か不快ではなかったため、虎木《とらき》はまた違和感をスルーした。

「ねぇ、虎木《とらき》さん」

「ん？」

「もう三十分くらいお客さん来てませんけど、これ、お客さんずっと来なかったらどうするんですか？」

「あー……まぁその場合はずっと暇してるしかないんだけど……」

虎木《とらき》は店内の時計を見上げた。

午前一時を少し回っている。

村岡《むらおか》はまだ戻ってこないのだろうか。

「そうだ、休憩入ってもらわないとな。梁《リアン》さん、先と後とどっちで入る？　もちろん俺の休憩中に何か分からないことあったら、呼んでもらって大丈夫だから、好きなタイミングでいいよ」

「それじゃあ、虎木《とらき》さん先に行ってきてください。私まだ全然疲れてませんし、それに」

詩澪《シーリン》が、耳に口を寄せてくる。

香りが強くなり、吐息が耳にかかるが、虎木《とらき》は身を離すことができなかった。

「虎木《とらき》さん、少しお疲れでしょ？」

「……ああ、分かった。じゃあ先に休ませてもらうわ。何かあったらすぐ呼んで」

「はい、行ってらっしゃい」

茫洋《ぼうよう》とした返事をする虎木《とらき》を送り出す詩澪《シーリン》は、小さく微笑《ほほえ》んでその背を見送った。

「……そんなに、疲れてるわけ、ないんだけど……な」

虎木《とらき》はスタッフルームに入ると、邪魔なサンタ帽子をテーブルの上に放り出し、安物のパイプ椅子にどっかりと腰を落とした。

普段ならここからラーメン屋に行ったり店内で夜食の買い物をしたりするのだが、今日はそんな気にもなれなかった。

いちいちサンタ服を脱ぐのも、妙に面倒くさい。

「あの、虎木《とらき》さん」

そしてなぜか、詩澪《シーリン》が虎木《とらき》の後を追って入って来た。

手には、空き瓶にパスタを二、三本刺したような、よく分からないものを持っている。

香りが、更に強くなった。

「これ、アロマディフューザーなんです。村岡《むらおか》さんお疲れなんで、少しでもリラックスしてもらいたくて持ってきたのに出すの忘れちゃってて。ここ、置いておきますね」

「……ん、分かった」

「虎木《とらき》さん、大丈夫ですか？」

「ん、大丈夫だけど、なんかすっげぇ眠い」

虎木《とらき》はそう言って右手で目をこすると、更に甘い香りが強烈に脳を焼いた。

「……眠いですよね。ちょっとうたた寝したらどうですか？」

「……ああ」

虎木《とらき》の手が、だらりと下がり、腰も首もパイプ椅子の上でぐったりと力を失う。

「でも……大丈夫……分かんない、こと　あっ……大声で、起こし……」

「ふふ、こんなになっても気遣ってくれるなんて、優しいんですね、虎木《とらき》さんは」

詩澪《シーリン》は後ろ手にスタッフルームの扉を閉めると、力を失って項垂《うなだ》れる虎木《とらき》の膝の上に、ふわりと座った。

「大丈夫ですよ。日が昇るまで、お客さんは来ませんから」

目を閉じてしまった虎木《とらき》の顎を細い右手で軽く持ち上げ、顔を覗《のぞ》き込む詩澪《シーリン》の顔は、ワンオペに戸惑うコンビニアルバイトの目ではなかった。

「こうして近くで見ると、可愛《かわい》い顔、してるんですね？」

詩澪《シーリン》は鈴が転がるように笑いながら、自分の制服のボタンを外してゆく。

「信じられないなぁ。虎木《とらき》さんみたいな人が、あの人を追いつめたなんて……ねぇ、虎木《とらき》さん？」

詩澪《シーリン》がまた耳元で囁《ささや》く。

虎木《とらき》の首の後ろに回された左手は蛇のようにその筋を一定のリズムでなぞっている。

「目を開けられますか？」

「……」

言われるがままに、虎木《とらき》は瞼《まぶた》を開くが、その眼《め》に光は無く、焦点も定まっていない。

「見えますか、虎木《とらき》さん」

制服のボタンを外した詩澪《シーリン》はそのまま上着を脱ぎ、下着姿の上半身をあらわにする。

そして、

「……っ！」

テーブルの上のアロマディフューザーのリードスティックを一本引き抜き、それを自分の左肩に突き立てたではないか。

尖《とが》った先端は容易に詩澪《シーリン》の肌を貫き、その内側からこぼれる血を、その芯の中へと吸い上げ甘い香りの中に血の香りをしみこませた。

「いい香りがしませんか？　疲れてるし、お腹空《なかす》いてるでしょう？　いーっぱい、吸っていいんですよ？」

充満する甘い香りは、詩澪《シーリン》の体から香る香水と同じものだった。

そこに血が混じることで、虎木《とらき》の表情に変化が生じる。

瞳の奥に、赤い光が灯《とも》った。

吸血鬼としての本能が、人間の若い女性の血の匂いを感じとったのだ。

「あなたのことを知ったときからずーっと、完全に二人きりになれる瞬間を待ってたんです。本当はもっと長く待つつもりだったのに、まさか強盗事件のおかげで、こんなに早くチャンスが来るなんて……」

詩澪《シーリン》は蠱惑《こわく》的な笑みで虎木《とらき》の頭を抱え込むと、その耳に呟《つぶや》いた。

「さ、どうぞ、私の血、好きなだけ吸って下さい……？」

「……あ」

詩澪《シーリン》の肌に、虎木《とらき》の吐息がかかる。

口が開いた。

確かめるまでもなく、そこには血の匂いに反応し鋭く尖《とが》った牙が生まれていることだろう。

詩澪《シーリン》は待ちきれないという様子で顔を赤らめ、その瞬間を待った。

「…………むら……」

「ん？　何ですか？」

「……………むら……おかさん……が、まだ…………戻ってこない……な」

「え？」

詩澪《シーリン》は眉を顰《ひそ》めた。

この期《ご》に及んで、何故《なぜ》村岡《むらおか》の名が出てくるのか。

血の香りを漂わせながら、柔肌を惜しげもなく晒《さら》している女性がいるというのに。

「そんなこと、どうでもいいでしょう？　村岡《むらおか》さんは携帯電話に香りをつけておいたから、今頃家に帰ってぐっすり寝ています」

「…………でも………レジ……今……誰も……」

「大丈夫。今このお店は、外を行く人が入りたくないようにしてあるんです。だから、ね？」

虎木《とらき》が思いがけずまた仕事に言及したことに若干驚きつつも、詩澪《シーリン》は虎木《とらき》の胸元に左手を這《は》わせて、顔をぐっと虎木《とらき》の顔に寄せる。

「二人で朝まで、ゆっくり楽しみましょ？」

そう言いながら詩澪《シーリン》が虎木《とらき》の制服のボタンを外そうとしたとき、虎木《とらき》の胸元に、何か小さく固いものがあることに気が付いた。

それが何なのかと一瞬視線をそちらに移したそのときだった。

「二人きりで朝まで何するつもりなのかしら」

詩澪《シーリン》の耳元で、低く抑えた、だが並みの精神の人間なら聞いただけで失禁しそうになるほどの恐怖の言霊《ことだま》が響き渡った。

「えっ⁉　あがっ⁉」

それと同時に、詩澪《シーリン》は首を後ろからわし摑《づか》みにされて、虎木《とらき》の胸元から引きはがされる。

「えっ、あっ、あっ⁉」

「ダメじゃないの……お仕事中でしょう……？　レジに誰かいなくちゃ、お客が買い物できないじゃない……？」

「あ、あ、アイリスさ……⁉」

そこにいたのは、碧眼《へきがん》のはずなのに瞳の中が漆黒の殺意に埋め尽くされたアイリス・イエレイだった。

「こんばんは。シーリンさん。怪我《けが》してるじゃない。どうしたの？」

言葉は優しい。

だが詩濘《シーリン》の首をわし摑《づか》みにしているのと反対の手には、銀色の殺意が光るハンマーが握られていた。

「どうしてここに、って顔してるわねぇ……」

「う、ぐ」

詩濘《シーリン》はアイリスの手を振りほどこうとするが、アイリスのさして大きくない手が的確に血管を圧迫し、頭が上手《うま》く働かない。

「元々来るつもりなんかなかったのよ？　ユラは調子のいいことばっかり言ってるし、そうでなくても仕事の邪魔はしたくなかったしね。でもね、連絡があったのよ。ユラが変な『術』に捕まってるって、親切な知り合いからね」

「そ……そんな、あの、術に、外から、気付けるはずが……」

「この世にはね、ユラが今何をしてるか常に知っておきたい変わり者がいるのよ。大富豪で特殊能力持ったストーカーって、性質《タチ》悪いわよね」

アイリスが、ハンマーを虎木《とらき》の胸元に突き出す。

そこにあったのは、詩濘《シーリン》があらわにした虎木《とらき》の胸元に下がった、赤い十字架のペンダント。

虎木《とらき》が灰になったとき、居場所を突き止めるためと言って虎木《とらき》に渡されている『血の刻印』は、ファントムの気配や生命エネルギーの状態を検知して作り手にGPSアラームのように伝えるのだが、その気配が丸ごと断たれるような異常を、あの作り手が見逃すはずがない。

「店全体を包むくらい大掛かりな人よけの術なんて使ったら、刻印の作り手には丸聞こえだぞうよ……さぁ」

その瞬間、アイリスの瞳だけでなく、表情までが絶対零度に変わった。

「あなたがただの人間じゃないと分かった以上、容赦はしないわ」

「な、何を……！　あっ！」

アイリスはハンマーを腰に戻すと、代わりに白い大きな短冊《たんざく》のようなものを取り出した。

それを目にした途端、それまでアイリスの拘束を抜け出そうとしていた詩澪《シーリン》の顔に、恐怖の表情が浮かんだ。

「や、やめて！　それはダメ！」

命乞いかのような悲鳴を上げる詩澪《シーリン》に、アイリスは氷の微笑を浮かべた。

「人の『彼氏』に手を出すような女の言うことなんか、聞くもんですか」

そして平手打ちをするように詩澪《シーリン》の額を叩《たた》く。

「あああああっ⁉」

その瞬間、詩澪《シーリン》の全身が痙攣《けいれん》し、ぐったりと力なく崩れ落ちる。

それだけではなく、スタッフルームに充満していた甘い香りが一瞬にして消失し、

「……ん、んあっ？」

虎木《とらき》もまた、うたた寝から目覚めたかのように正気の目で顔を上げた。

「あぁ……俺寝てたのか？　って、え？　アイリス⁉　え⁉　梁《リアン》さん⁉　おいアイリスこんなところでお前何やってんだ⁉」

「それはこっちのセリフ」

「は⁉」

「悪かったわね。可愛《かわい》い後輩とお楽しみのところ、邪魔したみたいで」

「え？　お楽しみ……え、えええええ⁉」

虎木《とらき》はそこで初めて、詩澪《シーリン》の上半身がはだけていることと、自分もそうなりかけていることに気付いた。

「いや！　違う！　誤解だ！　俺は何もしてねぇ！　本当だ！」

アイリスはしばしジト目で虎木《とらき》を睨《にら》んでから、呆《あき》れたように溜《た》め息《いき》を吐《つ》く。

「まるで本当は何かあったみたいな反応するのね？　男ってみんなそうなの？」

「いや、いやいやいやいや、ええ？　またそれかよ⁉」

アイリスの口から男の反応云々《うんぬん》と言われるのは釈然としないが、そこでようやく虎木《とらき》は、詩《シー》澪《リン》の額にあるものに気付いた。

「……お札?」

「昔座学で教わったものをお店の棚から色々拝借して作ったのよ」

詩濤《シーリン》の額に貼られているのは、文具コーナーにあった一筆箋に、筆ペンで『経文』が書かれた『お札』だった。

「最初に爪と氷の術を見たとき、思い出すべきだったわ。まさか日本でこんな堂々と活動してるなんて思いもしなかったから」

長い爪と、氷、地形や場所に作用する術、中国、そして額の札。

「彼女は中国固有のファントム、僵尸《キョンシー》よ」

アイリスはそう言い放つと、汚いものを見るような目で虎木《とらき》の胸元を見た。

「サンタ服、いいかげんちゃんと直したら?」

「あ、お、おう……」

「十字架《血の刻印》があって助かったわね」

この状況は完全に虎木《とらき》の油断が招いたものだし、明らかに助かっていないのだが、とにかく自分の意思が全く介在しないところで危機に陥り、その危機は形を変えて絶賛継続中であることだけは理解できたのだった。

第三章 吸血鬼は運転免許を持っていない

ファントムの中には動く死者、またはリビングデッドと呼ばれる存在が数多《あまた》いる。

最もよく知られたリビングデッド・ファントムは『ゾンビ』であり、吸血鬼もまた、このリビングデッドの範疇《はんちゅう》に含まれる。

歴史上確認されたリビングデッド・ファントムの多くは『死』という過程を一度経ているため、人間社会に馴染《なじ》むどころか当たるを幸いなぎ倒すような性質の者ばかりであり、闇十字《やみじゅうじ》騎士団の記録によれば、天然のゾンビは十八世紀には全て根絶されているらしい。

そしてリビングデッドの世界において、特段に高度な知性と高い社会性を有した種が二つあった。

一つは吸血鬼。

そしてもう一つが、僵尸《キョンシー》である。

きょうし、チアンシー、ジアンシーとも呼ばれるこのファントムは、吸血鬼がそうであるように長く『生きて』いる者ほど、超常的な能力を有するとされている。

そして高い膂力《りょりょく》と超常的な能力を持つことと引き換えに、僵尸《キョンシー》には大きな特徴が三つある。

活動時間が太陽の出ていない夜間に制限されていて、太陽光を浴びると体が焼け、吸血鬼と違って体が焼き尽くされたら二度と復活できない。

そして弱点でありながら、僵尸《キョンシー》の象徴ともいうべきものが『お札』である。

特定の文言を書いた札を肉体に直接貼り付けられると、膂力《りょりょく》や術の源である力が奪われ、動けなくなってしまうのだ。

そして吸血鬼よりも不死性は低いが、血を飲まなければ力を十分に発揮できない吸血鬼と違い、素の状態での能力は僵尸《キョンシー》の方が圧倒的に高い、そんな存在だ。

だからこそ洋の東西を問わず、対ファントムの戦闘や対応に特化した人間は、吸血鬼と並ぶ力を持つ僵尸《キョンシー》を恐れ、僵尸《キョンシー》の力を封じるお札の書き方は、必須知識として履修される。

アイリスがコンビニの在りものでお札を作れたのもそのおかげだし、中国と地理的に近い日本でファントムを取りまとめる比企《ひき》家には、より効果的に僵尸《キョンシー》を封じるための書式が多く蓄積されている。

午前五時半。

アイリスが中浦《なかうら》に連絡を取ったところ、然《しか》るべき準備を整えるまで詩澪《シーリン》の身柄を確保せよとの命令が下り、当たり前のように詩澪《シーリン》はブルーローズシャトー雑司ヶ谷《ぞうしがや》一〇四号室へと運び込まれることとなった。

「俺、旅行用の大型トランクに人が入るのってテレビでしか見たこと無かったけど、本当にできるんだな……」

街中で額にお札を貼った人間を運んでいたら、如何《いか》に深夜早朝とはいえ池袋に隣接した雑司《ぞうし》が谷《や》では誰に見とがめられるかも分からなかったため、アイリスが日本に来るときに使ったキャスター付きの旅行トランクに詰め込んで輸送した。

詩澪《シーリン》が謎の凶行に及んだのが午前一時半くらいだったので、その後は虎木《とらき》が一人で深夜シフトを回し、早朝シフトスタッフに引き継ぎ帰宅したのが午前五時少し前。

帰宅すると当たり前のようにアイリスが部屋の中にいて、リベラシオンで叩《たた》かれ虎木《とらき》が使えなくなっている白木のテーブルの椅子に、詩澪《シーリン》を厳重に縛りつけていた。

「な、何だよそれ！　何してるんだ！」

だがその様子が異様だった。

下着だけを残して衣類は全て剝がされ、腕は後ろ手に回され両足は結束され、四肢を文様が描かれた包帯のようなものでぐるぐる巻きにされている。

「捕虜とはいえ着替え中よ。入ってくるならノックくらいしなさいよ」

「ここは俺の家なんだが⁉」

何度したか分からない突っ込みをしてから、アイリスに問う。

「何だよその不気味な包帯……」

「アンチカースベルト。日本支部では呪束帯《じゅそくたい》って呼ばれてるわ。簡単に言えば、ファントムを拘束するための縄みたいなもの。僵尸《キョンシー》のお札の強化版よ。僵尸《キョンシー》だけじゃなくて、ファントムだったらどんな種類にも効く、特殊能力封じの定番の道具」

なるほど、異様な包帯姿を見て痛々しく思えてしまったのは、その様相が非人道的だからではなく、吸血鬼の性質がその道具そのものを忌避したからか。

「でもおかしいわね。吸血鬼だったら十字架くらい見るのもつらい道具のはずだけど、随分まじまじと視界に入れてるみたいね？」

「は、はあ⁉　だ、だってそりゃ仕方が……」

仕方がないではないか。

最前まで無害であったはずの職場の後輩が、家に帰ってきたら下着姿にされて異様な包帯を巻いて拘束されているのである。

その異様な光景から目を離せないのは、決して虎木《とらき》が男だからだけではないはずだ。

「だ、第一、梁《リアン》さんはファントムだったんだろ？　あんなことがあった後だし、俺も訳が分からなくて……」

言いながら虎木《とらき》は何度か、アイリスと詩澪《シーリン》との間で視線を往復させる。

それの、何が良くなかったかは分からない。

分からないが、

「…………何を比べてるの」

「は⁉」

わずかな言い淀《よど》みが、虎木《とらき》の意図しなかったところでアイリスの逆鱗《げきりん》に触れたようだ。

「く、比べるって、俺は何も……え、あ！」

何を、と言いながら、気付いてしまった。

詩澪《シーリン》は、どうやら極度に着やせするタイプだったらしい。

ゆったりしたコンビニの制服やサンタ服のときには意識することもなかったし、制服じゃないときには初対面だったり色々な気まずさが先行したりして、きちんと詩澪《シーリン》の全身を見たことがなかった。

そしてそのアイリスとの『差』に気付いてしまい、気付いたときにはそのことをアイリスに悟られ、その時点で虎木《とらき》の死は確定したも同然だった。

「何があっなの」

「違うって！　急に言われりゃそうなるだろ！　こんなの誘導尋問だ！　俺は悪くない！」

「どうせ灰から戻れば復活するんだから、今だけその目を両方とも潰してあげるわね」

「お前いくらファントム相手でも言って良いことと悪いことがあるからな⁉」

他の部屋から苦情が来てもおかしくないくらい騒ぎながらも、あと数十分で太陽が昇ってしまうため、とりあえず事態を把握しようという虎木《とらき》の懇願を、アイリスは了承した。

そうなるまでにアイリスがリベラシオンで何度もテーブルを殴ったため、恐らく虎木《とらき》は年が明けるまでテーブルで食事ができなくなってしまっていた。

「シーリンは僵尸《キョンシー》。しかもユラに悪意があって近付いたことは間違いないわ。問題はどうして近づいたか、ね」

「ああ。なぁ、足崩していいか。仕事明けで疲れてるんだが」

「ダメ。ワラクさんにいただいた情報から考えると、シンプルにムラオカさんのお店を強盗のターゲットにした、というのが一番ありそうよね」

「ああ、まぁ確かに」

「ファントムの従業員がいる店に狙いを絞って、誰もいない深夜にお店を荒らす。従業員からは証言を得られないし、そもそも僵尸《キョンシー》の術を使えば証拠を残さないことも、違った証拠を作ることもできる。被害者のファントムも自分の正体がバレたら困るから大事にできない。ワラクさんのデータとも矛盾は無いわ」

「そうだな」

「でも、この間の三つの事件が起こったタイミングで、私達はシーリンと一緒にいた。目を離したのはムラオカさんが彼女を裏に連れて行った二、三分。流石《さすが》にこれが彼女の犯行だと考えるのは無理があるわ」

「俺はキョンシーのことはよく知らないんだが、遠くの人間を襲える術があったりするんじゃないか？　思えばあのとき、梁《リアン》さんは村岡《むらおか》さんが『話してる間に突然寝た』って言ってた。俺みたいに何かの術で意識を奪われたとか……」

「だとしても三分で三か所、しかもシスター・ナカウラの話を聞く限り、どこもお店からは離れた場所よ。かなり大規模な術になるし、精密な操作も要求される。シーリンは私が適当に作った札で封印できる程度の力しかないから考えづらいわ。だから二つ目の説は……」

「梁《リアン》さんの他にも僵尸《キョンシー》がいて、同時に強盗事件を起こした？」

「そうなるわね。ワラクさんが持ってきてくれたデータのリアン《梁》のファミリーネームの連中は、僵尸《キョンシー》か僵尸《キョンシー》に通じるファントムの集団、ってことになる」

「もう完全に犯罪組織じゃねぇか。僵尸《キョンシー》が日本でそんな徒党を組んでるってのか？」

「何も不思議じゃないわよ。そもそも吸血鬼のアミムラやヴェア・ウルフのサガラだって、突き詰めればそういう集団だったでしょ。中国国外に出た僵尸《キョンシー》がそういう集団になっていたとしても、おかしくはないわ。あなたへの距離の詰め方も、彼女が女性ファントムであることを考えると、そういうマニュアルでもあるんじゃないかしら」

だとしたら、それはそれで寂しい話だ。

虎木《とらき》は詩澪《シーリン》に目が行きそうになり、それがさっきの揉《も》め事《ごと》の種になったことを思い出し、必死で堪《こら》える。

「足崩さないでね」

だが見抜かれていた。

「……梁《リアン》さんのことは、騎士長には知らせてるのか」

「当たり前じゃない。もちろんミハルにも知らせてるわ。然《しか》るべきタイミングで、彼女のシェアハウスにもガサ入れを検討中よ」

「他の住人に迷惑かけるなよ……？」

虎木《とらき》は不安を隠しきれないが、これればかりは自分の手の及ぶ範囲ではない。

「ただ……だとしても一つだけ分からないことがあるのよね」

これまで床に正座している虎木《とらき》を椅子の上から傲然と見下ろしていたアイリスが、初めて言《い》い淀《よど》んだ。

そしてちらちらと詩澪《シーリン》の様子を見てから、少しだけ顔を赤らめ、少しだけ嫌悪《けんお》感を交えた様子で、虎木《とらき》の方に屈《かが》みこんで言った。

「正直に答えなさいユラ。あのとき……どう……なったの」

「は？　何が」

「だから……その、スタッフルームで、その、何があったの」

「何がって、だから覚えてねぇんだよ。そもそも休憩に入る少し前から記憶が曖昧で、気が付いたらもうお前が梁《リアン》さん落とした後で……」

「正直にって言ったわよね。本当はもっと……その……だって、彼女、服……」

「無いから！」

流石《さすが》にここまでくれば、アイリスが何を言いたいかは理解できた。

「本当に？」

「村岡《むらおか》さんの帰りが遅いから、時間はきちんと確認してた。俺が休憩に入ってからお前が踏み込んでくるまで、どんなに長くても五分ってとこだ！」

「……」

アイリスの目から、疑いは払拭《ふっしょく》されていない。

「な、何なら監視カメラの映像が残ってるぞきっと！」

「……ふぅん」

「な、何だよ……」

「術にかかって誘惑されていた割りには、随分と記憶が明晰《めいせき》なのね」

「え」

「見たんじゃないの、彼女の……」

「レジ操作の履歴で後から確認したんだよ！」

一体何だと言うのか。

アイリスはしばらく虎木《とらき》の目を真《ま》っ直《す》ぐ見ていたが、

「……まあいいわ」

「絶対納得してないだろ」

「それはともかく」

「おい」

「彼女の身柄は今日中に闇十字《やみじゅうじ》騎士団に移送されるわ。その後はヒキ・ファミリーと協力して、三件のファントム襲撃事件を追いつつ関連を調査することになるでしょうね」

「……一応聞くけど、村岡《むらおか》さんとこのアルバイトは……」

「続けられるわけないでしょ。今回は間接的にだけどムラオカさんも被害者の一人かもしれないのよ。悠長なこと言ってる場合じゃないわ」

虎木《とらき》がシフト通りにあがる時間帯に村岡《むらおか》からメールが届いた。

気が付いたら自宅に帰っていて眠っていたらしいことが、不祥事が発覚した大企業の謝罪会見の如《ごと》き文面でお詫《わ》びの言葉とともに書かれていた。

「そう言えば梁《リアン》さん、村岡《むらおか》さんは戻ってこないようにしたって言ってたな……タイミングはあのときか？」

村岡《むらおか》が携帯電話を忘れたと言って戻って来た時、詩澪《シーリン》が村岡《むらおか》の携帯電話を探し出してきた。

ここまでのことを思い返せば、詩澪《シーリン》の『術』の肝は、あの香水の匂いなのだろう。

「ところで何なんだよ」

「え？　何が？」

「一つだけ分からないことがあるって言ってたろ。梁《リアン》さんのことで」

「ああ、そのことね。彼女が僵尸《キョンシー》なら、どうしてユラに……ん？」

その時だった。虎木《とらき》のスリムフォンが大きな音を立ててバイブレーションする。

「お、おいまずい！　日の出だ！　ってあっつ！」

人間には分からないが、吸血鬼の虎木《とらき》は直接日光にさらされなくても、住んでいる地域の地平線から太陽が顔を覗《のぞ》かせたことで、気温が急激に上昇しているように感じられる。

大袈裟《おおげさ》でなく尻に火が付いた状態であり、日が差し込むのが遅い半地下の部屋とはいえ、もはや一刻の猶予も無い。

虎木《とらき》は灰から元に戻れるが、詩澪《シーリン》は焼かれてしまったらそのまま死んでしまう。

「話は後ね！　ユラはとにかくお風呂《ふろ》に行って。シーリンは太陽で焼けないように私の部屋のお風呂《ふろ》に監禁しておくから。はい、エアマット！」

「くそ、着替えてる時間ねぇな！　寝てる間に何かあったら必ず聞かせろよ！」

アイリスが放り投げたエアマットを受け取って虎木《とらき》が風呂場《ふろば》に駆けこもうとしたそのときだった。

「あ」

「……っ！」

札と呪束帯《じゅそくたい》で封じられていたはずの詩澪《シーリン》が、突然もがき出したのだ。

日の出に焼かれる苦悶《くもん》のあがきではない。

明らかに、意図をもって現状から脱しようとする動きだ。

「お、おいアイリスあれ！」

「おかしいわ！　僵尸《キョンシー》がアンチカースベルトを巻かれてあんなに動けるはずが！　しかももう朝なのよ⁉」

「う、ぐ……！」

「ユラ！」

虎木《とらき》が膝から崩れ落ちる。

日の出の気配を察した吸血鬼の体が、微《かす》かに明るんできている室内で猛烈に虎木《とらき》の心身を苛《さいな》んでいるのだろう。

だからこそ、詩澪《シーリン》がここまで動ける理由が分からない。

「ユラ！　何とかお風呂《ふろ》に駆けこんで！　あとは私が……！」

札も呪束帯《じゅそくたい》も何かの理由で効果が薄れたのかもしれないが、それでも全身を拘束した呪束帯《じゅそくたい》はファントムの膂力《りょりょく》を想定して作られており、簡単に引きちぎれるものではないため、アイリス一人でもなんとか取り押さえられる。

そう思ったときだった。

「虎木《とらき》様を誘惑した泥棒猫の居場所はここですかああああああっ‼」

突如、地獄の鬼のような怒号とともに玄関のドアが開け放たれたのだ。

「えっ⁉　ミハル⁉」

「あっ！　俺、鍵……！」

横浜のメアリ一世号での戦いのときに使ったものより、明らかに上等なそれと分かる抜き身の刀を片手に踏み込んできた憤怒《ふんぬ》の形相の未晴《みはる》を見て、虎木《とらき》が発した言葉が、彼のこの夜の最後の言葉となった。

虎木《とらき》は帰宅したとき、飛び込んできた詩澪《シーリン》の拘束された姿に動揺し、内鍵をかけ忘れていたのだ。

開け放たれた扉の先、共用廊下に差し込んでいた光が虎木《とらき》の全身を絡《から》め取り、虎木《とらき》の全身はかき氷が溶けるように灰となってボロボロと崩れ落ちた。

「待って！　ミハル！　扉を閉じて！　シーリンが焼け死ぬわ！」

日の出すぐの、しかも直射日光でもない光で虎木《とらき》が灰になったのだ。

僵尸《キョンシー》である詩澪《シーリン》も、間を置かずに焼けてしまうに違いない。

「何なら日焼けマシンにでも拘束してさしあげます！　アイリス・イェレイ！　その泥棒猫を引き渡しなさい！」

「そんなこと言ってる場合じゃないのよ！　シーリンは僵尸《キョンシー》なの！　日光で焼かれたら尋問できなくなる！」

「何を言っているのですアイリス・イェレイ」

だが、未晴《みはる》はアイリスの言葉を聞き、目の前で虎木《とらき》が灰になってもなお、冷静だった。

「そんなことにはならないから、日の出のタイミングに来たんじゃありませんか」

「……え？　あ！」

虎木《とらき》が灰になったのに、呪束帯《じゅそくたい》から露出した詩澪《シーリン》の肌は白いまま焼かれておらず、まだアイリスの拘束から逃れようともがいている。

「一昨日の事件に関わった僵尸《キョンシー》をこちらで一体捕らえ、その者がこの泥棒猫について吐きました。梁詩澪《リアンシーリン》の身柄は比企《ひき》家が引き受けます。闇十字《やみじゅうじ》も了承済みです」

「え？　え……？」

闇十字《やみじゅうじ》が手を引いたなどと未晴《みはる》の口から聞いてもにわかには信じがたいが、次に放たれた言葉で、アイリスはその言葉を信じざるをえなくなった。

「よく見なさい。もう陽は昇りきっています」

それでもなお、詩澪《シーリン》は拘束を逃れようと足掻《あが》いている。

その代わり、詩澪《シーリン》にこれだけ密着していてもあの甘い香りはしなかった。

「闇十字騎士団《やみじゅうじ》が捕縛して捜査できるのはファントムだけ。その泥棒猫は僵尸《キョンシー》の術を使っているかもしれませんが……」

その瞬間だけ、詩澪《シーリン》の動きは一瞬止まった。

「梁詩澪《リアンシーリン》は僵尸《キョンシー》の術こそ使いますが、人間です。日が昇っても、僵尸《キョンシー》の能力を失うだけで済む、いわゆる『デミ』です」

未晴《みはる》のその宣告に動揺するかのように、開け放たれた玄関から吹き込んだ風が、崩れ落ちた虎木《とらき》の灰を小さく巻き上げたのだった。

※

「キョンシーなぁ。子供らが小さい頃に流行《はや》っておったが、そんなモンが実在するとは」

吸血鬼の兄を持つ虎木和楽《とらきわらく》は、本革張りのソファーに腰かけながら難しい顔をした。

詩澪《シーリン》がアイリスに捕らえられ、未晴《みはる》に引き渡されてから二日後の比企《ひき》家のオフィスである。

「子供の頃、兄貴に聞いたことがある。わしも学べば吸血鬼の超能力を使えるようになるかとな。兄貴と同じ力を使えれば、少しでも兄貴と同じ景色が見えるかと思った。もちろんわしもクソガキだったから、単純に吸血鬼の超能力に憧れていたことは否定せんが」

「和楽《わらく》長官にも、そのような時代があったのですね」

「この世に生まれて言葉を喋《しゃべ》っとる大人は例外なくかつては子供で、誰かの手を借りなきゃワンワンと泣き喚《わめ》くしかできなかった時代がある」

和楽《わらく》は窓際《まどぎわ》に立つ未晴《みはる》に尋ねた。

「それで、その梁 詩澪《リアンシーリン》とやらは人間なのに、ファントムの能力を得ることは可能なのか」

「己の能力を体系立てて学ぶ術を知るファントムの力なら、ある程度まで人間でも習得できます」

「ある程度、とは？」

未晴《みはる》は手に持っていたものを、和楽《わらく》に手渡す。

「梁 詩澪《リアンシーリン》のシェアハウスから押収《おうしゅう》したものです」

「これは、あれか？　風水とかで使う……」

掌《てのひら》に乗る程度の金属製の円盤。その表面には細かく無数の文字が放射状に刻印されている。

「風水羅盤に似ていますが、彫られている文字が違います。僵尸《キョンシー》の術式補助道具で、羅尸盤《ルーシーバン》と言います」

「ほー、魔法のステッキのようなものか」

老人の口から飛び出したメルヘンな単語に、未晴《みはる》は素直に微笑《ほほえ》んだ。

「素敵な表現ですね。その通りです。純粋な僵尸《キョンシー》であれば己の力だけで数多《あまた》の術を扱えますが、人間がその力を得ようとすると、様々な道具の力を借りなければなりません」

和楽《わらく》は金属盤を矯《た》めつ眇《すが》めつする。

「ふぅむ？　見たとこ、何の不思議も感じないが」

「ええ。ただの人間が手にしても、何の効果もありません。もちろん私のような僵尸《キョンシー》とは別のファントムの系譜にある者でも」

未晴《みはる》は和楽《わらく》の手から円盤を受け取るが、やはり円盤は全く反応しない。

「だがあの梁《リアン》というお嬢さんは、使える、と。太陽に焼かれない人間なのに」

「人間であり、ファントムでもある。昼は人間の性質が、夜はファントムの性質が強くなる。アイリス・イエレイがコンビニの紙と筆ペンで作った封魄冊《ふうはくさく》で力を失ったことから、間違いありません」

「ふうはくさく？」

「キョンシー映画を嗜《たしな》んでおられたのならご存知でしょう。額に貼るお札のことです。呪束帯《じゆそくたい》と違って適当な素材でも作ることができる、便利な道具です」

未晴《みはる》は自分の額を軽く叩《たた》く。

「僵尸《キョンシー》の起源には諸説ありますが、吸血鬼が血を媒介として生まれるファントムなら、僵尸《キョンシー》は魂魄《こんぱく》を媒介に生まれるファントムです」

「魂《たましい》ということか？」

「教えによって魂《こん》と魄《はく》を厳密に区別するものもありますが、外から見た様子では大差ありません。吸血鬼が血を吸うことで人間を吸血鬼化するように、僵尸《キョンシー》は人間の魂魄《こんぱく》を喰《く》らうことで人間を僵尸《キョンシー》にします。ですが……」

未晴《みはる》はそこまで言うと、軽く手を叩《たた》く。

それと同時に天井から大型モニターが降りてきて、自動で窓際《まどぎわ》のカーテンが引かれ、大画面の中に、梁詩濘《リアンシーリン》の姿が映し出された。

「拘束しておらんのだな」

映像の中の詩濤《シーリン》は、呪束帯《じゆそくたい》も解かれ、額に札もついておらず、手足も拘束されていない。如何《いか》にも高級なホテルのハイクラスの部屋という風情《ふぜい》の場所で、落ちつかない様子でソファに腰かけじっとしている。

「できないのです。理由はお分かりでしょう」

和楽《わらく》はカーテンの隙間から漏れる、明るい光を目の端に捉えて言った。

「真昼間に、呑気《のんき》に菓子なんぞ食ってる」

画面の中の詩濤《シーリン》は、テーブルの上にあるクッキーを恐る恐る一つ取って齧《かじ》っていた。

「彼女をファントムとして扱うと、彼女の『人間としての正規の身分』次第では国際問題に発展する恐れがあります。闇十字騎士団《やみじゆうじ》が彼女本人からは手を引いたのはそれが理由です」

「彼女がただのキョンシーだったら、どうしていたんだ?」

「もちろん世間と無辜《むこ》のファントムを傷つけた咎《とが》を、ありとあらゆる方法で問い詰め、罪を償わせ、この国の法律に恭順を誓えない場合は抹殺も視野に入れるでしょう」

未晴《みはる》は元警察官僚の和楽《わらく》に、恐ろしいことをさらりと告げた。

「虎木《とらき》様のコンビニの事件でパスポートを提示していましたが、真贋《しんがん》の確認は取れていません。故国で公的な身分がある可能性が捨てきれないのです。……ですから、和楽《わらく》長官……」

「ああもう皆まで言うな。都合の良《い》いときだけ当てにしおって。彼女の公式な身辺調査をしろと言うのだろう？　入国経路とパスポート。それにビザの有無というところか？」

「お話が早くて助かります」

「退官した身でそれを調べるのがどれだけ大変か分かっておるんだろうな」

「もちろん相応のお礼はさせていただきます。それに、お兄様のその後についても、お任せいただいて結構ですよ」

「トシ食うとどんな保険も魅力的に見えていかん。やれやれ」

和楽《わらく》は億劫《おつくう》そうに立ち上がると、画面を見上げた。

「わしとしては、彼女が兄貴にこれ以上面倒かけないならそれでいいんだがな」

「和楽《わらく》長官ともあろう方が、甘いことを仰《おつしや》らないでください」

「退官した一国民は身の回りのことだけで精いっぱいなんだ」

飄々《ひようひよう》とした様子で立ち去った和楽《わらく》と入れ替わるようにして現れたのは、中浦節子《なかうらせつこ》だった。

「今のは、元警察庁長官の虎木和楽《とらきわらく》ですか？」

「ご存知でしたか」

「虎木由良《とらきゆら》の身辺を調べたときに一通り」

「自重なさってくださいねシスター・中浦《なかうら》。虎木《とらき》様にあまり過ぎたマネはなさらないように」

「若者の恋路を邪魔するほど根性曲がっちゃいませんよ。ですが比企《ひき》家のご長子ともあろう方がどこの馬の骨とも知れぬ吸血鬼に懸想《けそう》されているとは、京都のご本家はどう思われているのやら」

「今の一言で闇十字《やみじゅうじ》は、あと百年は京都に駐屯地を置くことは不可能になったと思ってください」

笑顔の薄皮一枚下は、ドロドロとした縄張り争いの澱《おり》が溜《た》まっていた。

「それで、あなた方が手を引かなかった部分に関して、何か分かったことはありましたか？」

「当然です」

中浦《なかうら》は、陽の光が遮られた室内でも、詩澪《シーリン》を映したモニターを利用して器用に眼鏡を光らせた。

「敵が僵尸《キョンシー》だと分かれば対策は簡単でした。三つの事件に関わった僵尸《キョンシー》は、シスター・イェレイからの報告をもとに、この二日間で全員捕らえ、個別に拘束しております。騎士団の者達も復讐《ふくしゅう》に燃えていましたから。あっという間でした。アジトに踏み込んだときの間抜けな顔と言ったら、久しぶりに見ものでしたよ」

年末の奉仕活動に精を出し、クリスマスイブを翌日に控えた聖職者の発言とは思えない。

「迅速ですね」

「比企《ひき》家に先を越されたくない一心ですね。ああ、もちろんこちらの取り調べと処分が決まった後で、比企《ひき》家の案件に関係しそうな者だけはお引き渡しします」

「心にもないことは仰《おっしゃ》らなくて結構ですよ。どうせ渡す気など無いのでしょう？　対僵尸《たいキョンシー》の経験は歴史的にもそちらに一日の長がある。ほんの百数十年前、西欧列強は清国《しん》の僵尸《キョンシー》に随分手を焼いたと聞いておりますから」

「よく勉強していらっしゃるのですね」

親子ほども年齢が離れている未晴《みはる》と中浦《なかうら》は、笑顔の仮面の裏で目に見えぬ刀と聖銃で対峙《たいじ》していた。

「ですが、最低限の情報共有はしていただきますよ」

「相応の理由が無ければ、私個人の裁量では」

「おたくの修道騎士が、フロントマート池袋東五丁目店に管理者の許可なく不法に侵入したことと、人間である梁詩澪《リアンシーリン》に対し違法な逮捕監禁行為を行ったことの証拠を摑《つか》んでおります。梁詩澪《リアンシーリン》の過去については現在調査中ですが、もし公の身分がきちんと用意されていた場合、少々面倒なことになるでしょうね」

「全く」

中浦《なかうら》は大仰に溜《た》め息《いき》を吐《つ》いてみせたが、さほど困ってもいないようだった。

「日本支部に着任してひと月も経《た》たないというのに……何代経《た》ってもイエレイの騎士はトラブルメーカーなのですね」

イエレイの騎士。

横浜のメアリ一世号で、室井《むろい》愛花《あいか》も使っていた言葉だ。

「アイリス・イエレイの家系には、何か面白い秘密があるようですね」

「彼女自身には何もありませんよ。はい、どうぞ」

肩を竦《すく》めた中浦《なかうら》は、修道服の袖の内側から、小さなメモ書きを未晴《みはる》に差し出した。

「三体の僵尸《キョンシー》から聞き取れた情報です。どう使うかはそちらにお任せします」

「これはどうも。玉露の用意がありますが、召し上がって行かれますか？」

「結構です。私は紅茶党ですので」

中浦《なかうら》はさっと身を翻《ひるがえ》し、未晴《みはる》の執務室を後にしようとし、扉のところで立ち止まった。

「ああそうそう。もし手に負えなくなった場合には、いつでも私の所にお越しください。不意を突かれさえしなければ、僵尸《キョンシー》ごときに後れは取りませんので」

それだけ言って今度こそ中浦《なかうら》は立ち去った。

未晴《みはる》は微笑《ほほえ》みながら、

「負け惜しみもそこまでいけば、ご立派ですね。シスター・中浦《なかうら》」

毒で彼女を見送った。

未晴《みはる》は中浦《なかうら》のメモ書きに目を落とす。

「梁浩宇《リアンハオユー》、梁美燕《リアンメイヤン》、梁博海《リアンヴオハイ》、そして、梁詩澪《リアンシーリン》を含めた、梁《リアン》姓を持つ僵尸《キョンシー》が四人」

未晴《みはる》は険しい顔で、映像の中の詩澪《シーリン》を見上げた。

「尸幇《シーバン》の中でも最も歴史の古い梁尸幇《リアンシーバン》の者達ですか」

未晴《みはる》の顔から、余裕が消える。そして、

「梁戸幇《リアンシーバン》の僵尸《キヨンシー》ともあろう者が、闇十字《やみじゆうじ》騎士団如《ごと》きの尋問で簡単に名前を吐いているのが気に入らない。尸幇《シーバン》の僵尸《キヨンシー》は、そんな軟弱な連中ではない」

未晴《みはる》はメモ書きを握りつぶし、再び掌《てのひら》を開く。

その瞬間、メモ書きは空中で燃え上がり、一瞬にして灰と化した。

「まだ何か、裏がありますね」

※

『幇《はん》』という、中国特有の共同体の概念であり、一般的には同じ一族や同郷の者が、別の地域で寄り集まった集団や結社を指す言葉がある。

例えば貴州《きしゆう》省銅仁《どうじん》市出身の者が大都市部に出稼ぎに出ると、同郷の人達で『貴州幇《きしゆうばん》』や『銅仁幇《どうじんばん》』を組織する。

現代では中国国内だけでなく諸外国に働きに出る中国人は多く、国外で出身地域によって組織される幇《はん》は『郷幇《きようばん》』と呼ばれ、華僑《かきよう》の人々の拠《よ》り所《どころ》にもなっている。

また、同業の人々によって組織される『ギルド』的な存在である『業幇《ぎようばん》』も、世界各地で組織されている。

これが『幇《はん》』と呼ばれる組織の一般的、かつ表向きの概念だ。

「表向き、ってことは、当然裏向きの意味もあるんだな」

和楽《わらく》と中浦《なかうら》が詩澪《シーリン》のことで未晴《みはる》のもとを訪れた翌日。

虎木《とらき》とアイリスは、未晴《みはる》の呼び出しでサンシャイン60にやってきていた。

「中国国外ではむしろ、そっちの方が有名じゃないかしら。それでこの『尸《かばね》』って字だけど……」

未晴曰《みはるいわ》く、詩澪《シーリン》の背景を理解するために『幇《はん》』という概念を理解する必要があるとのことで、アイリスが道すがら虎木《とらき》に解説をしていたのだが、

「漢字の部首名で『しかばね』として学校でも習う文字ですね。そのまま日本の『屍《しかばね》』と同じ意味を持ちます」

サンシャインのエレベーターを上りきった所で、教養高く美しい字が毛筆で書かれた半紙を手に構えていた未晴《みはる》が待っていた。

「このエレベーターには侵入者対策が施してありますので」

「だからって今の今でそれ書くのは……」

「漢字文化圏のファントムとして、英国人にその解説を譲るのはなんとなく癪《しゃく》でして」

そこまで言うなら『ファントム』という単語もどうなのかとも思うが、妖怪だの魔物だの怪物だのは、どれも絶妙にファントムという存在を言い表しきれていないし、今はそれを論じる

タイミングでもない。

「つまり、『尸《かばね》』の『幇《はん》』ってことで、ファントムの共同体ってことか」

「大意としてはそうなのですが、『尸幇《シーバン》』と言えば、僵尸《キョンシー》の秘密結社のことを指します」

「ひみつけっしゃあ？」

日本で生活している人間なら、オカルトに傾倒するか、旧《ふる》き良き特撮アクションドラマでも見ない限りはなかなか接することの無い単語である。

「黒社会。中国語ではヘイシャーホイと言いますが、いわゆる裏社会の組織にも『幇《はん》』という言葉は使われるんです。僵尸《キョンシー》は中国語ではジアンシーと読み、存在そのものが既に社会の闇に隠れていて、日中の活動が不可能な代わりに、超常的な力を用いて表社会の実力者達を支えてきたのです」

「……なるほどな」

歴史上、権力者がファントムの特殊能力を利用したケースは数多いが、歴史が深く国土も広い中国では、その歴史も長いのだろう。

「梁尸幇《リアンシーバン》は星の数ほどある尸幇《シーバン》の中でも危険な一派です。非合法活動はもちろん、敵対するファントムにも容赦がない。特に今の幇主《ほうしゅ》の梁雪神《リアンシユエシエン》は古　妖《エンシエント・ファントム》でないファントムの中では世界最強の一角ではないかと」

「世界最強の一角って、便利な日本語だな」

虎木《とらき》は苦笑した。

「で……そんな連中が闇十字《やみじゆうじ》にこんな簡単に名前を吐いたこと自体がおかしいと」

「仰《おつしや》る通りです。こちらです」

未晴《みはる》は両開きの大きな扉の前で立ち止まった。

「闇十字《やみじゆうじ》に露骨に梁戸幇《リアンシーバン》のことを匂わせるような自白をしていることが、とにかく気持ち悪い。黒社会における幇《はん》の構成員は、優秀であればあるほど仲間を売るようなことはしませんし、逆に己の存在を誇示する場合……」

「もっと大がかりな何かを企《たくら》んでいる」

アイリスの言葉に、未晴《みはる》は素直に頷《うなず》いた。

「……入りますよ」

未晴《みはる》の声に緊張がこもる。

虎木《とらき》とアイリスはこのとき初めて、未晴《みはる》の左手に刀が握られていることに気が付いた。

そして未晴《みはる》がノックし鍵のかかっていない扉を開いた途端、

「くっ！」

「うわっ！」

迫りくる風とともに氷の弾丸が未晴《みはる》目掛けて飛来し、未晴《みはる》はそれを予測していたように抜刀して全ての弾丸を砕き落とした。

扉を開けただけで分かる豪華な設《しつら》えの室内で、拘束されていない詩濡《シーリン》が未晴《みはる》に向けて掌《てのひら》を繰り出していたが、

「……あっ、と、虎木《とらき》さん！」

虎木《とらき》の姿を認めたとたん、手を下ろし、気まずそうに顔をそらした。

「梁《リアン》さん……」

「アイリスさんも……私を尋問しにきたんですか」

拒絶の殻にこもった、棘《とげ》のある声。

だが、コンビニの仕事をこなしていたときの明るく素直な詩濡《シーリン》の声色も見え隠れし、虎木《とらき》は戸惑ってしまう。

「ふん。泥棒猫でも、悪事が露見すると気まずいと見えますね。この三日間で、こんなに大人しかったことはありません」

「よく今日まで窓、破られなかったわね」

この部屋には窓があった。

超常能力を持つ捕虜を収容する場所として明らかに不適当だが、

「比企《ひき》家が入る建物の窓は、アメリカ大統領専用車の防弾ガラスを製造している会社に発注していて、アンチマテリアルライフルの弾丸も通しませんから」

「そこはファントムの技術とかヤオビクニの妖術とかじゃないんだな」

とことん現代物理科学的な防御の話をされて、虎木《とらき》は苦笑する。

「もちろんデミごときの氷の弾丸でどうこうできるものではありません。本人もそれが分かっているから、私が入って来たときにしか抵抗することがないんです」

デミとは、何らかの理由でファントムの力を持った人間や、ファントムと人間のハーフとして生まれた人々の総称である。

「それでミハル。私達は何のために呼ばれたの」

「先日の三件の事件について、シスター・中浦《なかうら》が他の梁戸幇《リアンシーバン》の者達を捕えています。ですが今のところ個人が金銭目的で突発的に強盗を企《たくら》んだ、以上のことを言わないのです。この泥棒猫と虎木《とらき》様とアイリス・イェレイは他の三人とは違ってある程度交流があったそうなので何か聞き出せないかと、藁《わら》にもすがる思いで声をかけた次第です」

「最初から藁《わら》にもって言わないでよ」

頼りないと言われているも同然の未晴《みはる》の物言いに文句をつけてから、アイリスは小さく鼻から息を吐いた。

「交流があったって言っても、世間話を少ししたくらいよ。大体それだってどこまで本当のことを話したかも分からない。だから私が聞けるのは二つだけ」

「……なんです」

詩澪《シーリン》の返事に、意外そうに眉を上げたのは虎木《とらき》だった。

この空気の中で、相槌《あいづち》レベルとはいえ返事をするとは思わなかったからだ。

「あなたを家に送った後、私を襲ってきたのはあなた？」

「私ですが、私じゃありません」

詩濡《シーリン》は立ったまま、即答した。

答えになっているかいないかはともかく、素直に返事をした、ということにも虎木《とらき》は驚いた。

「アイリスさんを襲ったのは、術で作った分身体です。私の髪の毛を使って生み出した人形のようなものです」

さらりと分身体という言葉が飛び出し、改めて虎木《とらき》は、詩濡《シーリン》がファントムの関係者であることを実感させられる。

「それは……オンミョウジュツの、シキガミのようなもの？」

「陰陽術の式神ほど複雑でも難しくも強くもありません。私の力では効果範囲も広くできないので、逃げるアイリスさんに追いつけませんでしたし」

「あれを逃げたと思われていたのは心外だわ」

だが確かに、あのとき戦う場所を移そうとしたアイリスは、途中で敵の気配が消え、その後どこからも現れなかったことを思い出した。

「それくらい、比企《ひき》さんがとっくに調べて伝えたと思っていました。私の羅尸盤《ルーシーバン》、没収されましたから」

「るーしーばん？」

「私のようなデミが僵尸《キョンシー》の術を使うための道具の一つですよ。それがないと私は分身を生み出せません。私は肉体的な戦闘力を分身体に依存しているんです」

虎木《とらき》とアイリスが未晴《みはる》を横目で見ると、未晴《みはる》は小さく首を縦に振る。

「僵尸《キョンシー》の術を知る者には基本的な知識です。純粋な僵尸《キョンシー》が専用の羅尸盤《ルーシーバン》を使えば、最大で百キロ以上離れた場所の分身体を操れると聞きます」

「私が分身体を動かせるのは、せいぜい半径五百メートル。戦闘みたいな精密な動きだと二百メートル以内。しかもたった一体だけ。その程度の、僵尸《キョンシー》のまがい物なんですよ」

あまりにもすらすらと、何なら迂闊《うかつ》過ぎるほどに。

詩澪《シーリン》は聞かれたことに素直に答えてゆく。

「その程度のデミでも、梁戸幇《リアンシーバン》で梁《リアン》の名を掲げているのでしょう。一体何をしに日本に来たのです？」

「それは、最初の日に言いませんでしたか？」

詩澪《シーリン》は、艶然《えんぜん》と微笑《ほほえ》んだ。

余裕を見せたような口調だが、何故《なぜ》か虎木《とらき》には、今までの素直な述懐に比べ、唐突に仮面を被《かぶ》ったように見えた。

「虎木《とらき》さんに会いに来たんですよ」

「冗談も大概にしなさい殺しますよ」

「急に余裕失《な》くすのやめろ」

ファントムの系譜にある未晴《みはる》だから、今すぐにでも頭に角を生やして鬼になるのではないかと思うほどに気配が黒くなる。

虎木《とらき》は今にも詩澪《シーリン》に食い掛からんばかりの未晴《みはる》を後ろに引かせた。

「……俺に会いに来たってのは、冗談じゃないのか」

「初めてお会いしたときからそう言ってますよね。どうして信じてくれないんですか？」

「金も将来性もなくて、イケメンでもない奴《やつ》に海を越えて美女が会いに来るなんて考えるには俺は年を取りすぎてる」

「そうですか？　虎木《とらき》さんには前例があるじゃないですか」

詩澪《シーリン》はわざとらしくアイリスに目配せするが、アイリスは取り合わない。

「こいつは行きずりで知り合った押しかけで、俺目当てで来たわけでもなんでもない。まさかまだ俺とアイリスが付き合ってるなんて与太話を信じてるわけじゃないだろうな」

「違うんですか？　お店に踏み込んできたとき、私本気で殺されるかと思いましたよ？　あのときやっぱり、アイリスさんとは特別な関係なんだなって思ったんですけど」

「誰だってあんなの見たら殺したくなるわよふざけないで」

「だから何でお前も急に余裕失《な》くすんだよ」

何故《なぜ》かまた碧眼《へきがん》が漆黒色に染まってしまい、詩濡《シーリン》に食って掛かろうとするアイリスを押さえて後ろに下がらせる。

「アイリス・イェレイ、何を見たというんですか。後で詳しく教えなさい」

「いいわよ。神の鉄槌《てつつい》を下す必要のある光景だったわ」

後ろで漆黒の殺気を纏《まと》った、相変わらず仲が良いのか悪いのか分からない二人が不穏な話し合いをし始めたので、虎木《とらき》は背中に冷や汗をかき始める。

虎木《とらき》自身、最中のことは全く覚えていないのだが、意識を取り戻した瞬間を思い出しても、決して女性受けはしない状況だったことは間違いない。

「まぁ、俺には梁《リアン》さんの本心は分からないし、こうなった以上未晴《みはる》も闇十字《やみじゅうじ》も梁《リアン》さんを解放したりはしないだろうけどさ」

このまま何を話したところで、詩濡《シーリン》は肝心なことを話しはしまい。

そもそも闇十字《やみじゅうじ》や比企《ひき》家の手管を以《もっ》てしても何も吐かない秘密結社の構成員を、ほんの数日一緒に仕事した程度の間柄で籠絡《ろうらく》できるはずがないのだ。

虎木《とらき》は吸血鬼生活が長いだけの、ただの素人《しろうと》なのだから。

だから、素人《しろうと》として言えることだけ言うことしかできなかった。

「梁《リアン》さんがいなくなったこの三日間、村岡《むらおか》さんが荒れ狂ってもうさんざんだったんだからな。この埋め合わせだけはいつかしてくれよ」

詩濡《シーリン》は何を言っているのか分からない、という顔で、眉根を寄せた。

「別にバイトがバックれるのなんて珍しかないから、梁《リアン》さんが出勤してこないことは驚かなかったんだ。ただ」

そこで、虎木《とらき》の目が斜め下に泳ぎ、憂鬱な顔になった。

「梁《リアン》さんに手を出したとか、何か研修で厳しいこと言ったんだとか、灯里《あかり》ちゃんと村岡《むらおか》さんからいわれのない疑いをさんざんかけられてな」

「……は？」

「梁《リアン》さんがいなくなったから村岡《むらおか》さんが深夜出勤しなきゃいけない日が増えて、その上俺は大みそかも三が日もフル出勤だ。クリスマスや年末年始にドンチャン騒ぐような生活はしてないけど、村岡《むらおか》さんと顔合わせるたびにちくちく嫌味言われる年末年始とか最悪だろ」

「はぁ……」

「だけど今更俺あそこ以上のバイト先見つけられる気がしないし、パートナーシップって名目で闇十字《やみじゅうじ》はすぐ搾取《さくしゅ》しようとしてくるし」

「ですから私と添い遂げて下されば後々の生活は……」

「こっちは隙あらば俺を婿に取ろうとするし」

「モテ自慢ですか」

詩濡《シーリン》が目を細めて呆《あき》れたような顔になる。

初めて見る表情だった。

恐らく詩濤《シーリン》が虎木《とらき》に見せた表情の中で、最も鎧《よろ》われていない素の顔だった。

それを見て虎木《とらき》はつい、ぽろりと言った。

「まぁ、何だかんだ言って俺、梁《リアン》さんと仕事するの、楽しみにしてたんだ。深夜から始める新人来たの、初めてだったからさ。こんなことになって残念だ」

「「「え？」」」

「何でお前らまで反応すんだよ」

詩濤《シーリン》と異口同音に、背後の二人からも意外そうに言われてしまい、虎木《とらき》は急に自分の言ったことが気恥ずかしくなる。

「まぁ、色々な事情があるんだろうけど、ヤケ起こして死んだりすんなよ。縁がありゃまた一緒に働こうぜ」

「……あ」

詩濤《シーリン》は何かを言おうとしたが、虎木《とらき》は踵《きびす》を返《かえ》し、詩濤《シーリン》の部屋を出て行ってしまった。

「俺はここで降りる。あとはファントムと人間の間で働く二人に任せた」

「ま、待ってユラ！　もう帰るの？」

「虎木《とらき》様！」

「警察だって身内が起こした事件からは外されるだろ。それに俺は素人《しろうと》で、梁《リアン》さんは尸幇《シーバン》とかいうプロだ。未晴《みはる》や闇十字《やみじゅうじ》が吐かせらんないこと吐かせられるわけないだろ」

アイリスも虎木《とらき》を追って部屋を出て行き、開け放たれた扉を守るのは未晴《みはる》だけになったが、詩澪《シーリン》は呆然《ぼうぜん》と、虎木《とらき》とアイリスが消えた廊下を見つめていた。


「ねぇユラ！　本当に手を引くの⁉」

「関わってほしいのかよ。さっきも言ったろ。お前らが何もできない相手に俺が何かできるはずないし、お前だって俺が梁《リアン》さんの話をするの嫌がってたじゃないか」

「今はそういう話をしてるんじゃなくて、ユラ、本当にあのときのこと、覚えてないの？」

「あの時？」

「コンビニでシーリンといかがわしいことしてたときのこと！」

「お前本当訴えるぞ」

サンシャイン60のオフィス棟から出ても、時間はまだ十八時。

陽は落ちているが池袋の街はクリスマスカラー一色であり、大勢の人々が往来する街中で綺《き》麗《れい》な日本語で何を言い出すのだこの修道騎士は。

「何も覚えてないっつってるだろうが」

「本当に？」

「いい加減しつこいぞ！」

振り切ろうとした虎木《とらき》は、

「彼女があなたに、自分の血を吸わせようとしていたことも覚えてない？」

その一歩目で足を止めた。

「は？」

「本当に、覚えてないのね」

「いや……そう言えば……」

虎木《とらき》が、自分の鼻に触れる。

「血の匂いがした」

吸血鬼から血を吸われた人間は、吸血鬼になる。

もちろん虎木《とらき》自身がかつて言ったように、ただ血を吸うだけではそうならず、吸血鬼側が相手を『変えよう』と思わなければ変わることはない。

だが、修道騎士のアイリスもその事実を知らなかったし、意識を奪われた状況で人間に噛《か》みついた場合、本能的な反応として『吸血鬼化』を起こさないとも限らない。

「その話、未晴《みはる》にはしたのか」

「話すわけないでしょ。会話が成り立たなくなるわ」

「まぁそりゃそうか。でもどういうことだ？　梁《リアン》さん、人間だけど、デミってやつなんだろ？

デミの僵尸《キョンシー》が吸血鬼に血吸われたらどうなるんだ」

「デミだろうと彼女の本質は人間。日が昇ってアンチカースベルトが効かなくなったのも、日中の彼女が人間だからでしょうね」

「そんな都合のいい話ありかよ。日中は人間で、夜はファントム。愛花《あいか》みたいな古　妖《エンシエント・ファントム》でようやくできることだぞ」

「それは……うん、そう、よね」

アイリスも、反論の手を失い言葉をひっこめる。

実際問題、都合が良いなどというレベルの話ではない。

見方を変えれば、僵尸《キョンシー》も吸血鬼も、太陽を拝めないという犠牲と引き換えに、強大な力を得ている部分がある。

それを、力はそんなにいらないからその分日中活動できるように、などと自由に塩梅《あんばい》できてしまうなら、人間とファントムの関係が根底から崩れることになる。

「そうよね……元からそういう存在でもない限り、いくら何でもそうはならないか」

「俺は会ったことないが、人間とファントムのハーフとかクォーターっているのか？」

「ミハルがそういう存在でしょ」

虎木《とらき》は苦笑する。

「ああ、そういやそうか。梁《リアン》さんももしかしたら、僵尸《キョンシー》と人間のハーフとかで、だから日中も活動できるとか思ったんだが」

「だとしても人間とファントムの血が交わったら、生まれる子はファントムの性質に引っ張られるわ。吸血鬼と人間のデュアルのダンピールとか有名よね」

吸血鬼と人間の子供は、親の吸血鬼の性質にもよるが、陽の光に当たると灰になるか、最低でも生命活動が停止してしまう。

ファントムと人間のハーフの子は、概ね親のファントムの性質をダウングレードして受け継ぐ場合が多く、それを能力の劣化と取られファントムに疎まれ、それでも異形であるがゆえに人間からも疎まれる。

そして詩澪《シーリン》が僵尸《キヨンシー》と人間のハーフなら、人間のように日中活動することはあり得ない。

「あとはもう突然変異とか、そういうルール無視の何かがあったとしか言えないよなぁ」

「ユラ、その、こんなこと聞いていいのか分からないんだけど、あの……」

「吸血鬼がファントムの血を吸ったらどうなるのか、か？」

「……うん」

「知らん。少なくとも俺はやったことがないし、吸血鬼が人間以外の生き物をそうしたなんて話を聞いたことがない。だからってわけじゃないが、吸血鬼に血を吸われて吸血鬼になるのは人間だけだ……と思う。多分」

「そうなの？」

「多分って言ってるだろ。でも吸血鬼がダチョウの血を吸ったとして、吸血ダチョウになると思うか？」

「ダチョウって歯がないものね。あ、でもどこかの島には血を飲む鳥がいるわよね！　それならなんとかなるんじゃない？」

「最初っから血を飲む生き物が吸血鬼になっても日中灰になるデメリット抱え込むだけだろ」

「じゃあゴリラとかならどうなの？　類人猿の血を吸ったら？」

「クリスマスのイルミネーションの下で非人道的な想像すんのはやめろ聖十字教徒。とにかく、吸血鬼は人間の血しか飲まない。吸血鬼化するのも人間だけ。吸血ゴリラとか吸血ダチョウ、ましてや吸血僵尸《キョンシー》なんてものは生まれない！　少なくとも俺はそう考える。だから梁《リアン》さんのあれは、何か僵尸《キョンシー》の世界にだけある特別なものなんだろ。今俺達があれこれ想像したって分かることじゃねぇよ」

虎木《とらき》はやけっぱち気味にそう言い切ってから、腕時計を見て、顔を顰《しか》めた。

「家に帰ってたら、メシ食う時間ないな」

「今日も出勤？」

「ああ。元々梁《リアン》さんがいなくてもクリスマスから正月まで休み無しなのは決まってたことだしな。いつも通りの生活するしかないんだ」

「いつも通りなの？」

「いつも通りだ。どこかでファントムが暴れてようと、俺の生活は、いざというときに愛花《あいか》を倒す力を蓄えるためだけに、働いて、メシ食って、金貯《た》める。その繰り返しだ。梁《リアン》さんのことは残念だったけど俺自身に何か被害があったわけでもないからな」

「そうよね……わっ」

話していた虎木《とらき》が立ち止まり、それが急だったのでアイリスは思わず虎木《とらき》の背にぶつかってしまう。

虎木《とらき》の目は、新装開店の幟《のぼり》がはためくとんかつ屋に向けられていた。

「気分が滅入《めい》る日は腹が減るんだ。帰ってもメシ食う時間無いし、寄ってくか？」

アイリスも店に目を向けていたので、反応がしばし遅れた。

遅れて虎木《とらき》を見上げて、虎木《とらき》が店を指さしながら自分を見ていることに気付いた。

「え……あ、私も？」

「腹減ってないなら先帰っててくれ。一人で食うから」

「い、行くわ、行くわよ。その、あの」

「注文は俺がやるから安心しろ。そんな不安そうな顔すんな」

「そ、それならいいわ。行きましょう」

アイリスは小さく頷《うなず》き、自動ドアをくぐる虎木《とらき》の後に続く。

夕食時ではあるが幸いすぐに空席に案内され、虎木《とらき》とアイリスは向かい合ってテーブルにつく。

「私、トンカツって初めて」

アイリスは目を輝かせながらメニューに見入り、それからちらりと虎木《とらき》を見る。

「ほー、信州名物、ソースカツ丼フェア。これにすっか……って、何だよ」

「……ううん、何でもない」

出かけた言葉を、アイリスは呑《の》み込んでメニュー表で顔を隠しながら微笑《ほほえ》んだ。

虎木《とらき》は何だかんだ言って、詩澪《シーリン》の件で少し落ち込んでいるから、あまり浮かれたことを言うのは違う気がしたからだ。

虎木《とらき》の方からアイリスを食事に誘ったのは、これが初めてのことだった。

それが少しだけ嬉《うれ》しかったなどと言っても、仕方のないことだから。

※

「じゃあな。騎士長のあいつに言っておけよ。明日から俺は一切そっちの事情には関わらないからってな」

「はいはい、分かったわよ。私を襲ったあの僵尸《キョンシー》がシーリンの術だった以上、私が梁尸帮《リアンシーバン》やシーリンの件の専属になることはないわ。専属でない聖務にパートナー・ファントムを駆り出すことは無いから安心して」

サンシャイン60のすぐ側の東池袋駅から都電荒川線に乗った二人は、都電雑司《ぞうし》ヶ谷《がや》駅で下車し、そこで別れることとなった。

「フラグみてぇなこと言うな。村岡《むらおか》さんがこの前それやって、見事に梁《リアン》さんの騒動に繋《つな》がったんだから」

「フラグって何よ。まぁとにかく頑張って。トンカツ、ご馳走様《ちそうさま》」

「いつも作ってもらってるからたまにはな。っと、あ」

「え」

「お前ここ、米粒ついてる」

「え……えっ⁉　嘘《うそ》！　私顔にお米つけてトラム乗ってたの⁉」

アイリスは自分の頬をペタペタと触って慌てはじめ、虎木《とらき》はつい笑ってしまう。

「悪い悪い。今まで気付かなかった」

「もう、勘弁してよ……」

「いつぞやのカレーといい、落ち着いてメシ食わないからそうなるんだ」

「しゅ、修道騎士はいつファントムとの戦いが始まってもいいように、ご飯を一定時間内に食べるよう訓練されてるの！」

「はいはい。それじゃあな。気を付けて帰れよ」

「もう！　子供扱いして！」

アイリスを置いて、虎木《とらき》はフロントマートのある方へと歩いて行ってしまった。

怒ったところで食事のマナーで失敗したのは自分なので、アイリスは釈然としないものを感じつつ真っ暗な雑司《ぞうし》が谷《や》の街をブルーローズシャトー雑司《ぞうし》ヶ谷《がや》に向けて歩いていた。

途中、詩澪《シーリン》が住んでいたシェアハウスにも立ち寄ってみたが、地面の穴は相変わらず開いたまま、特に何か変わった様子はなかった。

強盗未遂事件の日、詩澪《シーリン》と一緒に帰ったときのことを思い出したアイリスは、確かに一度は交誼《こうぎ》を結んだ相手が想像だにしない存在で、もう会うこともないという状況に寂寥《せきりょう》感を覚えた。

「因果なものよね」

アイリスはそう呟《つぶや》いて踵《きびす》を返《かえ》し、改めて自宅へと足を向ける。

「あら？」

そして、共用玄関に設《しつら》えられているポストの投函《とうかん》口から、何かがはみ出ていることに気が付いた。

アイリスの住所は虎木《とらき》と未晴《みはる》と闇十字《やみじゅうじ》騎士団の関係者しか知らないし、新聞なども取っていないため手紙の類が来ることはあり得ず、ポスティングチラシか何かだろう。

ブルーローズシャトー雑司《ぞうし》ヶ谷《がや》の玄関口にはポスティングチラシを捨てるための屑籠《くずかご》が用意

されている。

ポストの鍵に暗証番号を入力して扉を開けると、ポスティングチラシの下に細長い白い紙片が落ちていた。

「何これ。ゴミかしら」

どこかで見たことがあるような形の紙片だったが、ポスティングチラシに紛れたものであったため、何かの手違いで紛れ込んだものであろうと深く考えなかった。

油断はあった。その紙片の形状は然《しか》るべき場所で見れば、然《しか》るべき用途のものであると気付けたはずだった。

紙片に触れた途端、アイリスの鼻腔《びこう》に強烈に甘い香りが入り込んでくる。

それは、百貨店の化粧品売り場などで配布されている、香水を染《し》み込ませたテスター用紙だったのだ。

「こ、これは！」

その香りを思い出したときには、既にアイリスの膝から力が抜け、倒れる上体を支えるために手を地に着くことすらできなかった。

頭から床に倒れても、呻《うめ》き声を上げることすらできない。

全身がマヒし、倒れたまま首を動かすことのできないアイリスの目の前に、足音を一切出さない黒ずくめの足が現れた。

「こんな奴《やつ》ガお前ヲ追い詰めたノカ？」

知らない声だった。

「イェレイの騎士相手と聞いたカラ、もう少シ、苦労すると思ってイタ」

乾いた、男とも女ともつかぬ、記憶に残りづらい声。

己の身を隠すための訓練を積んだ者の声だ。

「何ダ、頬に何カついていルが」

「多分、ソースじゃないかしらぁ。トンカツでも食べたのかもねぇ」

朦朧《もうろう》とする意識の中でも、その声を聞いた途端、アイリスの心臓は激しく跳ねた。

それと同時に、その声の前で体の自由を奪われている状況に、激しい恐怖に襲われるが、そうなってすら体を震わすこともできない。

「あらぁ？」

視界の外から降ってくる声が、嘲笑を含んだ色を帯びる。

「怯《おび》えているみたいねぇ。私がここにいるのがそんなに意外かしらぁ」

その足と、覗《のぞ》き込んできた顔。

「……ぁ……ぁ」

「自分の『子』の居場所を、『親』が知らないはずがないでしょう？　由良《ゆら》といつも仲良くしてくれて、ありがとうねぇ？」

人を食ったような笑み。

氷のような空気。

それなのに、間延びした喋《しゃべ》り方。

「……ユ……ラを…………どう……する……気……アイ……カ、ムロイ……！」

アイリスはもつれる舌で必死に言葉を紡《つむ》ぐと、以前とは打って変わってそのあたりの洋品店で適当に買ったようなシンプルなパンツとパーカーを身に纏《まと》った室井《むろい》愛花《あいか》は、驚いてわざとらしく口に手を当てた。

「あら。僵尸《キョンシー》の香術《シアンシュー》の直撃を喰《く》らってそんなに喋《しゃべ》れるの？　流石《さすが》はイェレイの騎士！　強い子ねぇ！」

「……僵尸《キョンシー》……こいつは……」

「何か誤解があるみたいだけどもぉ、ユラは私に用があってもぉ、私は別にユラに何の用もないのよぉ。横浜のときだって、久しぶりに日本に来るから、長い間会ってなかった『子』と会いたかっただけなの。世界中どこにでもある親子愛よぉ」

「……何を」

「……愛花《アイファ》。長話しすぎダ。人が来ル」

「あら、そうね。それじゃあアイリスちゃん。ちょーっとだけ、おばさんと一緒に夜更《よふ》かししましょうねぇ？」

愛花《あいか》は艶然《えんぜん》と微笑《ほほえ》むと、アイリスの顔を覗《のぞ》き込んだ。

黒ずくめの手がアイリスの瞼《まぶた》を押さえ、目を閉じることもできず。アイリスは、吸血鬼の深紅の瞳を真正面から見てしまい、その瞬間意識が闇に呑《の》まれたのだった。

※

帰宅した虎木《とらき》は、玄関のカギを開けたところで微《かす》かな違和感を覚えた。

そしてその違和感の正体が、玄関にカギがかかっていたことそのものであったことに苦笑する。

部屋の中に、アイリスの気配は無い。

そのことだけで、随分と部屋の中が静かだ。

「久しぶりに、誰にも邪魔されずに眠れるな」

虎木《とらき》は心の底からそう言って、思いきり伸びをした。

「この前は未晴《みはる》のせいで、久しぶりにあんな朝焼け程度の日光で灰になったしな。本当、年末になると慌ただしくて困る」

虎木《とらき》のこの生活の唯一の不満は、寝る前に風呂《ふろ》に入れないライフスタイルだった。

風呂場《ふろば》で眠らなければならない都合上、仕事上がりに風呂《ふろ》に入ると、湿気《しっけ》たっぷりのびしょびしょの風呂場《ふろば》で眠ることになりそれは単純に寝心地が良くない。

着ていた服を汚れ物の籠に無造作に放り込み、寝間着に着替えてエアマットの準備をする。

スリムフォンを充電器に差し、何となく何かの着信がないか確認。

「……」

電話も、メールも、メッセージも何も無い。

自分が立てる音以外は何の音も聞こえない、静かな朝だった。

「いつ以来だ、こんなの」

虎木《とらき》は久方ぶりに一人の解放感を味わっていた。

隣室から一切気配がしないのは、先に帰ったアイリスがこの時間は普通の人間の生態として、睡眠をとっているからだろう。

これで一度寝入ってしまえば、何をどうしたところで次の日の入りまで誰にも邪魔されることなく眠ることができる。

思わずにやけそうになった虎木《とらき》だが、すぐに真顔に戻る。

「そんなこと、あるか？」

何せこの部屋での虎木《とらき》のプライバシーはもはや皆無である。

元々古い集合住宅用の錠前など、ファントム相手にはなんの防犯能力も発揮しない。

そうでなくても闇十字騎士団《やみじゅうじきしだん》にガサ入れされ、アイリスには勝手に合い鍵を作られ、三日前には未晴《みはる》が乱入してきて家に帰ってこられていたのに灰になってしまった。

「まさか監視カメラとか盗聴器とか仕込まれてたりしないだろうな」

流石《さすが》にそれはアイリスや未晴《みはる》が許さないだろうと思う反面、ファントムに対して異様に悪意のあるあの中浦《なかうら》とかいうシスターだったらやりかねない。

どうも詩澪《シーリン》が現れて以降、勝手に思い込んで勝手に不安になることが多いのを自覚する虎木《とらき》だが、一度気になってしまうととてもそのまま寝るような気分になれなかった。

「あれだよな。ああいうのって電気取れる場所じゃないと設置できないから、コンセント周りだけ調べればいいよな」

早口に独り言を言いながら数少ないコンセントの差込口を巡回し、素人目《しろうとめ》には異常は見当たらなかった。

そんな虎木《とらき》が最後に調べたのが、玄関ドアのポストである。

ブルーローズシャトー雑司《ぞうし》ヶ谷《がや》の各部屋の玄関ドアには、共用玄関に集合形式のポストが設置されるより前に使われていた、ドアと合体しているタイプのポストがそのまま残っているのだ。

何故《なぜ》かは分からないが、年に何回かはポスティングのチラシやマンションの修繕などのお知らせが玄関ポストに投函《とうかん》されることがあるので、気が向いたときに開いて確認しないと、思いがけないものを意図せず放置してしまったりするのだ。

そしてその用心深さが、それを虎木《とらき》に見つけさせた。

「……」

錆《さ》びて軋《きし》むポストには、余りに不似合いな華やかな手紙のようなものがそこにあった。

緑地に赤いリボン柄と、黄色と金色のベルやオーナメントのシール。

クリスマスツリーをモチーフにしたクリスマスカードだ。

「フザ……けやがって！」

開いたカードの中にあったものを見て、虎木《とらき》は目を見開く。

カードには、呪文のようなお札の模様が描かれ、赤黒い染《し》みがついていた。

だが虎木《とらき》にはそれだけで十分すぎた。

吸血鬼としての五感が、その赤黒い染《し》みの正体を立ち上る匂いから判断させた。

虎木《とらき》が最後に口にした、人間の血と同じ。

カードに染《し》みているのは、アイリスの血だった。

夜明け前。

詩澪《シーリン》はソファに座ったまま、紫色が薄らいでゆく空を眺めながらぼんやりとしていた。

昨夜虎木《とらき》とアイリスが帰ってから眠ることもせず、食事もとらず、ただずっと座っている。

昨日までは、幾度かこの部屋から脱出しようと無駄に足掻《あが》いていた。

もちろんデミごときがどうこうできるような部屋を比企《ひき》家が用意するはずもなく、そのすべては徒労に終わったが、今はそれすらする気になれなかった。

その理由ははっきりしている。

虎木《とらき》が去り際に言った、なんということのない一言だ。

それだけのことで、足掻《あが》こうという気が無くなってしまった。

もっと卑近な言い方をすれば、やる気が失《う》せてしまった、と言ってもいいかもしれない。

今の自分を構成する重要な柱を折られたような、そんな気分だった。

「……寝ちゃおうかな」

そう呟《つぶや》いたのは、窓の外に、黒いチリのようなものがちらちらと見えたからだ。

疲れて目が霞《かす》んでいるのかもしれない。

「え？」

だが、すぐにそれが錯覚でも目の疲れによる霞《かす》みでもないと気づいた。

強化ガラスの窓の外で、黒い塵《ちり》が少しずつ集まり固まって、やがて人の姿を取ったのだ。

「……虎木《とらき》、さん？」

「よう」

強化ガラス越し、しかも高層階なので、声が全然届かない。

「な、何してるんですか！　危ないですよ！」

「……かに……れるか？」

「中に入れるか、ですよね!?　入れるわけないじゃないですか!?　ビルの高層階ですよ!?　換気扇だって直接外と繋《つな》がってないですよ！」

詩濘《シーリン》が精いっぱい大声を張り上げると、虎木《とらき》は困ったように周囲を見た。

「……イリ……がさ……れた」

「何ですか!?　アイリスさんがさらわれた!?」

虎木《とらき》は口の前で両手を丸くそろえ、窓につけて大声で言った。

「僵尸《キョンシー》にさらわれたらしい。何か知らないか！」

「何かって……私はずっとここにいて、アイリスさんのことなんか知りません……」

「えっ!?　聞こえないぞ！」

「もう！　めんどくさいですね！　何で中から来なかったんですか!!」

詩濘《シーリン》は叫んだ。

「第一アイリスさんが行方不明なら闇十字《やみじゅうじ》騎士団に言えばいいでしょう!?　私は何も知りません！」

「あいつらが俺の話を素直に聞くとも思えない。訳の分からん疑いをかけられて、捜査が遅れたらアイリスの身が危ない！　せめて梁《リアン》さんから、具体的な情報を摑《つか》んでおきたいんだ！」

「そんなことして虎木《とらき》さんに何の得があるんですか！　アイリスさんも闇十字《やみじゅうじ》も、本当は敵なんでしょう⁉　放っておけばいいじゃないですか！」

「しょっちゅう一緒にメシ食ってる奴《やつ》が危ない目に遭ってたら、心配して当然だろ！　何言ってるんだ！」

「はあ⁉」

「前にアイリスを襲ったのは梁《リアン》さんなんだろ⁉　誰かチームを組んでたりとか、そういうことはなかったのか⁉　この前修道騎士が襲われてたのと、何か関係あるのか？　誘拐まではしなかっただろ⁉」

「……」

「何だよまだ納得しねぇのかよ！　今まで俺に直接の被害が無かったが、アイリスに手を出されたらそういうわけにはいかなくなる！　頼む。何か知ってるなら教えてくれ！」

「えぇ⁉」

詩澪《シーリン》は驚いてしまった。

虎木《とらき》は今、直接の被害を受けていないと言い切った。

だが詩澪《シーリン》の主観では、虎木《とらき》の意識を奪う香術《シアンシュー》を仕掛けたことは、十分攻撃的な意思を持ってのことだった。

だが虎木《とらき》の中では、それは無かったことになっているらしい。

「……なんですか。やっぱり虎木《とらき》さんとアイリスさんは、特別な関係だったんですか！」

動揺した詩澪《シーリン》は、意味も無く挑発するような口調で言ってしまう。

「言っただろ。何にも特別なことなんかねぇよ！　時々一緒にメシ食うだけの関係だ。恋人どころか、友達かどうかすら怪しいもんだ！」

「……何で、そんな人をそんな必死に助けようとするんですか」

「普通の人間はそういうもんなんだよ！　袖すり合うも他生の縁って言うだろ！」

「何を騒いでいるのです。あまり無茶をするようだと、拘束を厳しくし虎木《とらき》様ああああ⁉」

そこに、詩澪《シーリン》の大声を聞きとがめたらしい未晴《みはる》が現れた。

いつもの豪奢《ごうしゃ》な着物ではなくシンプルな寝間着のようなものを羽織っており、窓の外に虎木《とらき》が立っていることに気付いて身を隠すように縮めながら顔を真っ赤にしている。

「虎木《とらき》様一体何をされているのです⁉　ま、まさかこの泥棒猫に夜這《よば》いをかけようなどと……！」

「未晴《みはる》！　アイリスが僵尸《キョンシー》に誘拐された！」

「は、はあ⁉　アイリス・イエレイが⁉」

「ご丁寧に俺の部屋に犯行声明が残っていた！　明らかに誘われてる！」

「梁詩澪《リアンシーリン》以外の僵尸《キョンシー》が、アイリス・イエレイはともかく、虎木《とらき》様の住んでいる場所を知っている……？　それはおかしくありませんか？」

「おかしいから言ってるんだ！　梁《リアン》さん以外の僵尸《キョンシー》と俺は接触したことが無い！　修道騎士や、比企《ひき》家の店が襲われたこととも俺は直接関係していない。それなのに、相手は俺とアイリスの関係を把握していた！」

「……まさか！」

「俺の正体と、アイリスとの関係を知ってるファントムはお前と梁《リアン》さん以外には一人しかいないんだ！　一刻の猶予も無い！　あいつが近くに……っ！」

そのとき、東の空がひと際強く煌《きらめ》き、日光が虎木《とらき》の体を貫いた。

「いやあああっ⁉　虎木《とらき》様あああああっ⁉」

「頼む、梁《リアン》さん、未晴《みはる》！　アイリスの、居所……！」

虎木《とらき》の声はガラスに阻《はば》まれ、体は灰となって窓の外のわずかなスペースに崩れ落ちた。

「きゃーっ！　きゃーっ！　虎木《とらき》様なんという無茶を！　メンテナンス！　今すぐ屋上から梁 詩澪《リアンシーリン》の部屋の窓の外にある灰をかき集めなさい！　風が吹いて飛ばされないうちに！」

未晴《みはる》は慌てた形相で袂《たもと》から取り出したスリムフォンで比企《ひき》家の配下に指示を出す。

「……比企未晴《ひきみはる》さん」

「何ですか⁉　今あなたにかかずらわってる場合では……！」

「ソデスリアウ……なんとかって、どういう日本語ですか？」

「適当に調べなさいっ！」

未晴《みはる》は詩澪《シーリン》にスリムフォンを投げつけると、自分は慌てて外に飛び出して行ってしまった。

詩澪《シーリン》は受けとったスリムフォンのブラウザを操作し、該当する日本語を探し出す。

「袖すり合う……振り合う？」

幾通りかの言い方があるらしいその日本語の慣用句は、人と人の間に起こることは、どのような些細《ささい》なことであれ、前世よりの因縁によるものであり、転じてどのような些細《ささい》な縁も大切にするべきである、という考え方だということが分かった。

「……こんなこと言っちゃう人、本当にいるんだ……」

するとそのとき、作業服姿の男性が二人、窓掃除用の籠に乗ってするすると窓の外に降りてきた。

それと同時に未晴《みはる》もまた室内に戻ってきて、外で虎木《とらき》の灰が回収される様子をはらはらとした様子で見守っている。

詩澪《シーリン》は、そんな未晴《みはる》の背に声をかけた。

「……誘拐は、本来の計画には無いことです」

「何ですか！　今忙し……え？」

「本来の計画では、ただ東京にいる闇十字騎士団《やみじゅうじ》と、比企《ひき》家の目を、ファントム絡《がら》みの事件に注目させさえすればよかったんです」

自分でも、何をしているのか分からなかった。

分からなかったが、虎木《とらき》が放った何気ない言葉の一つ一つが、自分に強く刺さった結果、こうなることは自然の流れであるようにも思えた。

「自白していただける、と解釈してよいのですか？」

未晴《みはる》の背後では、虎木《とらき》の灰と服と下着と血の刻印が業務用の塵取《ちりと》りに収容され、するすると籠が屋上へあがっていった。

「自白、というのとは、違います。ただ」

地平線から昇る新しい日の光を浴びながら、詩澪《シーリン》はどこか諦めたような寂しい笑顔で、ぽつりと言った。

「死人に口なし、はイヤですから」

※

空腹で目が覚めるならともかく、自分の腹が鳴る音で目が覚めるというのは年頃の女子としては不名誉なことかもしれない。

はっと目を開いた瞬間、聞こえていた耳障《みみざわ》りな音が、自分の腹から来ていることに気付いたアイリスは顔を顰《しか》めた。

「どこよ、ここは」

薄暗い場所だが、地下室だの牢獄《ろうごく》だのといった雰囲気ではなかった。

天井には中華風のシャンデリアが下がり、目の前には七、八人が座れそうな回転式の朱色のテーブル。

若干わざとらしい水墨画の掛け軸と、芸術的っぽく見える漢詩からの出典らしい漢字が書かれた、横に広い額に入った書。

百人が百人、ちょっと良い感じの中華料理屋の宴会用の個室と答える場所だ。

「ちょっと！　ここはどこ⁉　誰かいないの⁉　エニバディゼアアアー⁉」

両足は固定されて靴を脱がされ、腕も後ろ手に縛られているが、猿轡《さるぐつわ》はされていない。

詩澪《シーリン》にやったことをそのまま仕返しされているような状況でアイリスが騒ぐと、すぐに返事があった。

「あらぁ、目が覚めたのねぇ」

お盆に湯気のくゆるどんぶりを載せ、行儀悪く足で個室の扉を開けて入って来た者がいた。

「アイカ・ムロイ‼」

何食わぬ顔の室井《むろい》愛花《あいか》をアイリスは睨《にら》みつけるが、当然のように自分の全身は拘束されているため身動き一つとれない。

体を揺するような無駄なことをしないのは、そんなことをしたところで逃げられるほど甘い拘束状況ではないからだ。

初めて会ったときは場所のせいで正装に身を包んでいた愛花《あいか》だったが、今は特に髪を整えている様子もなく、着ているものも前合わせのボタンシャツにスキニーパンツという、冬の室内でもかなり寒そうな、ラフな姿だった。

「香術《シアンシュー》も抜けてるみたいねぇ。よかったよかった。たまぁに後遺症が残る人がいるらしくてねぇ、なかなか目覚めないからちょっと不安だったのよぉ」

そう言うと、愛花《あいか》は回転テーブルにつき、お盆の上の割りばしを割った。

「ごめんなさいねぇ。見せつけるつもりじゃないけど、ご飯いただくわ」

「ふざけるんじゃにゃいっ……っ！」

空腹と腹の音で目覚めたアイリスにとって、出来立てらしい五目あんかけラーメンの香りは僵尸《キョンシー》の香術《シアンシュー》より効果的だった。

つい食欲から唾液が出てしまい、口がもつれてしまう。

「食いしん坊さん。それくらい元気なら心配ないわねぇ。後でおにぎり作ってもらうから、それまで待っててねぇ？」

「ぐ……ぐぐぐぐ！」

アイリスは羞恥と屈辱で顔を真っ赤にし涙目になりながらも、愛花《あいか》から目だけは離さなかった。

「やっぱりまだ日本にいたのね」

「んもう何言ってるの。あなた達のおかげで日本から出られなくなったんじゃない。そのせいで色々お仕事が詰まっちゃって、困ってるのよぉ？」

五目あんかけラーメンをすすりながら、愛花《あいか》は口を尖《とが》らせる。

「メアリ一世号は警察の臨検で操業停止のまま未《いま》だに横浜港から出られないし、それにね？」

あんをまとったうずらの卵を口に放り込んで、もごもごと動かしながら、愛花《あいか》はシャツのボタンを開いてゆく。

「あなたにやられた傷がねぇ、冗談抜きでうずいてるのよぉ」

「……っ！」

あらわになった愛花《あいか》の左胸に、灰の穴があった。

人目を引きつけずにはおかない珠《たま》のような肌に突如、火山灰の荒野が広がっているかのようだった。

メアリ一世号でアイリスが聖銃デウスクリスの弾丸で貫いた、愛花《あいか》の一つ目の心臓だ。

傷口は今こうしている間も再生と灰化を繰り返し蠢《うごめ》いており、まるで地獄の悪魔の内臓のように淀《よど》んだ気配を放出している。

「これが全然治らないのよぉ。さすがイェレイの騎士、いい腕してるって思っちゃったわ」

「……そのまま死ねばいいのに」

「ふふふ、そうよねぇ。でもそういうわけにもいかなくてねぇ？　結構血を飲んだけどそれでも治りそうにないからぁ、お友達にお願いして日本から出る手引きをしてもらってるところだったの」

「血を……！　まさか人間を……！」

「安心してよぉ。吸血鬼がただ血を吸っただけじゃ人は吸血鬼にならないからぁ。修道騎士なのに知らないのかしらぁ」

「……！」

「んふ。知ってるみたいね。誰に聞いたのかしら」

「何？」

「もしかしてぇ、ユラが初めて人の血を飲んだときのことでも聞いたのかなぁって、ね？」

「……フザけてるの!!」

「違ったぁ!? ごめんなさいねぇ？　ほらぁ、子供が大きくなっちゃうとなかなか普段のことも分からなくなるのよぉ」

愛花《あいか》は嗜虐《しぎゃく》的な笑みを浮かべて、アイリスを見下ろした。

「ユラは、吸血鬼になんてなりたくなかったのよ！」

「ええ？」

「あなたのせいで、ユラもワラクさんも長い間ずっと苦しんでる！　間違ってもユラはあなたの子供なんかじゃないわ!!」

「んー……」

愛花《あいか》は新たに麺をすすりながら、何かを考え込むように唸《うな》る。

「残念だわ。ユラが人間に戻るには、あなたを倒す必要があるんでしょう？」

「……そう言えば、そんなことを言った気がするわねぇ？」

「私に手を出せば、闇十字《やみじゅうじ》騎士団が黙っていない。私はきっとこの後殺されるんでしょうけど、ユラが人間に戻る手伝いができなくなるのが心残りだわ」

「へぇ、あなた、由良《ゆら》にそこまで入れ込んでるんだぁ……」

愛花《あいか》が箸を置いて、席を立つ。

「な、何よ」

近付いてくる愛花《あいか》に僅かにアイリスはみじろぐが、逃げることはできない。

胸元を開けっ放しの愛花《あいか》の手がアイリスの顎にかかり、顔が強引にねじ上げられる。

「イエレイの騎士の性《さが》かしらね。品定めくらいのつもりで連れてきたけど、案外掘り出し物なのかもしれないわね」

愛花《あいか》は先ほどまでの余裕とは打って変わって、冷たい口調になる。

「準備ができタ。明日の夜、出るゾ」

そこに、黒づくめの僵尸《キョンシー》が音もなく現れた。

「分かったわ」

愛花《あいか》は振り向きもせずに答える。

「本当にソイツヲ連れてゆくのカ」

「え？」

僵尸《キヨンシー》の思わぬ一言にアイリスの目が泳いだ。

「ええ。ちょっと面白いことになりそうだから。お手数かけるけど、よろしくね。雪神《シユエシエン》」

「優先順位が高いのは愛花《アイファ》、お前ダ。いざとなれば切り捨てル」

「分かってるわ。この状況だもの。贅沢《ぜいたく》は言わない」

愛花《あいか》はアイリスの手を離すと、開きっぱなしだったボタンを閉じた。

「雪神《シユエシエン》……雪神《シユエシエン》って、まさか、梁戸幇《リアンシーバン》の幇主《ほうしゆ》……」

「ム」

「あらぁ？　もうそこまでたどり着いてたのぉ？」

雪神《シユエシエン》と呼ばれた僵尸《キヨンシー》の気配が僅かに動揺したが、愛花《あいか》の気配はもとに戻っていた。

「比企《ひき》家のお嬢さんとも何だかんだ親しいみたいだし、それくらいは不思議じゃないかぁ。どうする雪神《シユエシエン》。これからしばらく、日本で活動しづらくなるんじゃない？」

「友を助けるためダ。それにその程度デ、我らは闇十字《やみじゆうじ》如《ごと》きに後れは取らナイ」

「ありがと。好きよ、雪神《シユエシエン》」

「ふン」

鼻を鳴らして、梁雪神《リアンシユエシエン》であるらしい黒ずくめは現れたときと同じように音もなく姿を消した。

「安心してね？　後でちゃんとご飯は用意するし、おトイレも行かせてあげるから」

「まさか、梁尸幇《リアンシーバン》と繋《つな》がっていたなんて……じゃあ、修道騎士が襲われた三つの事件は……」

「ねぇ？　本当はもう少し大騒ぎにしてほしかったんだけど、闇十字《やみじゆうじ》も比企《ひき》家も意外に隙がなくてねぇ」

明らかにアイリスを挑発するためにわざとらしい物言いをする愛花《あいか》。

「逃げるなら勝手に逃げればいいじゃない！　わざわざ沢山の犠牲を出すようなやり方したり、ユラに僵尸《キヨンシー》の血を吸わせようとしたり、一体何を考えてるの！」

「え？」

だが、今度は愛花《あいか》の顔に本気の驚きが浮かんだ。

「僵尸《キヨンシー》の血を、由良《ゆら》に？」

「な、何よ。それもあなたの差し金じゃないの？」

「……ううん。知らないわ。でも……そうか、面白いこと考えるわね」

愛花《あいか》は、腕を組んで考え込む。

「雪神《シユエシエン》の気前が良すぎるのが気になると言えば気になってはいたのよね。ちょっとその話、詳しく聞かせてもらえないかしら」

「詳しくも何も、今言った話が全てよ。ユラに接触した梁戸幇《リアンシーバン》の一人が、ユラに術をかけて自分の血を吸わせようとしていたのよ」

「なるほどね。その話を聞けただけでも、あなたを連れてきた甲斐《かい》があったわ」

「……え?」

「食わず嫌いが直った気分だわ。そうだ。そろそろご飯にしましょうか。……ここのは何でも美味《おい》しいわよぉ」

まだ食べ終わっていないだろう五目あんかけラーメンの盆を手に、愛花《あいか》もいなくなってしまった。

アイリスは改めて周囲を見回すが、大声を出したところで外に聞こえるとは思えないし、拘束を解いたところで愛花《あいか》が消えたドア以外に出入り口が無い。

壁に室内換気扇があるのを見ながら、アイリスはふと、益体《やくたい》の無いことを考えてしまった。

「ユラだったら黒い霧になって、あそこから出たりするのかしらね」

もちろん今いる場所は梁戸幇《リアンシーバン》や愛花《あいか》が潜伏に使っている場所であり、人間以外にファントムの出入りも警戒しているだろうから、そう簡単な話でもないだろう。

そしてアイリスは、修道騎士にあるまじき考えを抱いた自分に愕然《がくぜん》とし、慌てて首を横に振った。

「私はユラに人間に戻ってほしいんだから。こんなこと、考えるだけでもユラに悪いわ」

呟《つぶや》いてから、全身から力が抜ける。

「ユラに会ってから私、パッとしないことばっかりしてる」

そして、使い込まれたテーブルの傷をぼんやりと眺めて、項垂《うなだ》れた。

「……元からか」

アイリスは緩い溜《た》め息《いき》を吐《つ》いた。

※

「シスター・イエレイが無事帰って来た際には、奉仕期間の延長ですね」

薄暗い室内で、中浦《なかうら》は傲然《ごうぜん》と言い放った。

「今回アイリス自身に落ち度はないだろうが」

「修道騎士の称号は、伊達《だて》ではないのです。騎士として戦いもしないままファントムに捕らわれるなどと、あってはならないことです」

「僵尸《キヨンシー》の不意打ちで怪我《けが》した奴《やつ》が大勢いるって聞いたが？」

「詳細を知らずに適当な憶測で物を言うなんて、実に吸血鬼らしい陰湿な性質ですね」

サンシャイン60地下階の、闇十字《やみじゆうじ》騎士団の駐屯地である。

詩澪《シーリン》の自白を受けて、詩澪《シーリン》以外の僵尸《キヨンシー》を拘束している闇十字《やみじゆうじ》騎士団に未晴《みはる》がコンタクトを取った結果、未晴《みはる》と詩澪《シーリン》と虎木《とらき》は、中浦《なかうら》に駐屯地事務所の奥に通された。

旅行代理店が撤退したテナントを居抜きで借り上げたという、対ファントムのエキスパートが集まる場所としては実に地味な場所だった。

だが、アイリスが誘拐されたという事実を知って中浦《なかうら》が通した奥向きには真新しいパソコンはもちろん、一見して何に使うのか分からない道具が整然と並んでいた。

「何度も申し上げていますが、シスター・イエレイの装備の位置が分かるだけです。この秘密を知るファントムは多くありません。迂闊《うかつ》に人に言えば、相応の報いが……」

「いちいち俺につっかかんな！　いいから場所を教えろ！」

その中でもひときわ異彩を放っているのは、池袋の街並みがホログラム的に表示されている石造りの円卓だった。

ホログラム的な、というのは、映像機械で投影しているわけではなく、問題の円卓が本当にただの石造りにしか見えなかったからだ。

中浦《なかうら》はその石の円卓の周囲で十字を切ったり、飾りつけをしたりとよく分からない作業を続けながら虎木《とらき》に釘《くぎ》を刺した。

「準備中です。終わるまでに、その梁戸幇《リアンシーバン》の僵尸《キヨンシー》の娘の話をもう少し詳しく伺いたいですね」

居心地悪そうに俯《うつむ》いている詩澪《シーリン》は、額に札を、手首には呪束帯《じゆそくたい》を巻かれ、未晴《みはる》に付き添われていた。

中浦《なかうら》は厳しい顔で、詩澪《シーリン》を睨《にら》んだ。

「何せ古妖《エンシエント・ファントム》ストリゴイ・室井愛花《むろいあいか》が、梁戸幇《リアンシーバン》に匿《かくま》われているなどと、にわかには信じがたいことですから」

「本当のことです。尸幇《シーバン》の僵尸《キヨンシー》の役目は、この年末に警戒を強めているあなた方闇十字騎士団《やみじゆうじ》と比企《ひき》家の目を、幇主《ほうしゆ》の盟友である室井愛花《むろいあいか》に向けないよう騒ぎを起こすこと。室井愛花《むろいあいか》の国外脱出までの時間を稼ぐことです」

元はと言えば愛花《あいか》が日本国内に潜伏しているため、詩澪《シーリン》の出自を疑ったのが始まりだった。

だが実際にこうして詩澪《シーリン》の口からその実態を明かされると、虎木《とらき》としても今日このときまで愛花《あいか》を討ち漏らした責任を感じざるを得ない。

詩澪《シーリン》は、アイリスを誘拐したのは室井愛花《むろいあいか》と通じ、日本に潜伏した尸幇《シーバン》の僵尸《キヨンシー》、或《ある》いは幇《ほう》主《しゆ》の梁雪神《リアンシユエシエン》であろうと推測したし、虎木《とらき》としてもその推測を否定する材料はない。

愛花《あいか》はアイリス本人や彼女の家族のことを以前から知っていたようだったし、未晴《みはる》に自分の尻尾を摑《つか》ませるくらいだから、恐らく虎木《とらき》とアイリスが住んでいる場所はとっくに知っていたのだろう。

自立して表の世界で生きようとしていて、戸籍もちゃんと存在する虎木《とらき》が個人情報を隠匿するには限界があるし、それこそ黒社会の人脈とファントムの能力、更には吸血鬼としての親子のつながりを考えれば、およそ常識的な手段で自分の身を隠せるはずがない。

だからこそアイリスを巻き込んでしまったのは虎木《とらき》にとって痛恨事だった。

「しかし、一体どういう心変わりなのですか。他の僵尸《キョンシー》どもは未《いま》だに一切口を開こうとしません。こちらとしてはありがたいですが、尸幇《シーバン》の掟《おきて》に背くのではありませんか？」

中浦《なかうら》の問いは、詩澪《シーリン》の行く末を憂慮しての言葉ではなくただの確認だ。

だが、ファントムへの敵愾心《てきがいしん》が尋常ではない中浦《なかうら》をしてここまで言わせるほど、詩澪《シーリン》の自白は唐突だった。

灰になった虎木《とらき》を見た詩澪《シーリン》は、未晴《みはる》に対して自分の知る限りのことを全て話す用意があると告げた。

また、アイリスが何故《なぜ》さらわれたかは分からないが、監禁されている場所の候補ならば見当がつくとも言った。

黒社会の構成員が、負った密命の詳細を明かすなど、命がいくらあっても足りない罪になることくらいは、素人《しろうと》でも分かる。

裏切りが発覚すればその代償として、詩澪《シーリン》は生涯、尸幇《シーバン》に追われることになるだろう。

もちろん中浦《なかうら》に確認されるまでもなく未晴《みはる》はその意図を確かめたし、日が没して虎木《とらき》が灰から戻ったときには、彼の元にはあらかた必要な情報が開示されていた。

そして詩澪《シーリン》は虎木《とらき》に告げる。

「虎木《とらき》さんがいたから、ですかね」

「は？」

「虎木《とらき》さんの存在を幇主《ほうしゅ》から聞かされたとき、ファントムなのに、周囲の人に恵まれている虎《と》木《き》さんがうらやましかった。本心では、そんなファントムなんかいるはずないって思っていました」

「俺のことを、幇主《ほうしゅ》から聞いた？」

「はい。室井《むろい》愛花《あいか》の『子』でありながら、人の血を吸わず、家族を失わず、人の世界で生きてる。そんなファントムがいるって。どうして信じられますか？」

詩澪《シーリン》の過去から来る声は、あの瑞々《みずみず》しく甘い香水の匂いが嘘《うそ》のように、砂漠の如《ごと》く乾ききっていた。

「私は『人間』なのに、子供のころに人買いに売られたっていうのに」

乾いた声で放たれた詩澪《シーリン》の過去を否定する材料を、誰一人として持っていなかった。

ただ虎木《とらき》は思わず未晴《みはる》を見て、

「尸幇《シーバン》が人集めをするとき、そういう伝手《つて》を使うという話は聞いたことがあります」

未晴《みはる》は小さく頷《うなず》いて呟《つぶや》く。

「虎木《とらき》さんが、室井《むろい》愛花《あいか》の国外脱出の最大の障害になると、幇主《ほうしゅ》は言いました。だから私は、進んで虎木《とらき》さんの足止め役に立候補しました」

詩澪《シーリン》は拘束された手を首元に持ってきて、服の襟を引っ張り左肩を露出させた。

「虎木《とらき》さん。私はあなたに血を吸ってもらって、吸血鬼になりたかった」

中浦《なかうら》も未晴《みはる》も言葉を失う中、虎木《とらき》だけが渋い顔をして呻《うめ》くように言った。

「……バカ言うな。そんなことして何になる」

「本物のファントムになれる。それの何がいけないんですか？」

「修道騎士の前で言うことか。いけないことしかねぇよ」

虎木《とらき》には乾いた表情なりに微笑《ほほえ》んで見せたが、中浦《なかうら》に対しては露骨に顔を歪《ゆが》めてみせた。

「あなた方はいいです。最初から狩る側だったんだから。私は、人間に生まれたのに、人間から人間扱いされず、人間であるがゆえにファントムからもファントム扱いされない。物心ついた時には生きるために梁戸幇《リアンシーバン》に従う他なかった私が、自分の命を自由にする方法はたった一つだったんです。虎木《とらき》さん……あなたの」

放たれた名は、虎木《とらき》に重くのしかかった。

「最強の吸血鬼、室井《むろい》愛花《あいか》を退けたというあなたの『子』として、吸血鬼の力を得ること」

詩澪《シーリン》の肩には、彼女自身がつけた傷が、まるで吸血鬼に牙を突き立てられた痕のようにかさぶたを作っていた。

「吸血鬼は血を吸わなくても生きられるけど、吸えるものなら吸いたいものなんでしょう？ねぇ虎木《とらき》さん。私だったらいつでも好きなときに、あなたに血を差し上げますよ」

「……控えなさい梁《リアン》 詩澪《シーリン》。それ以上は私が許しません」

「未晴《みはる》さん。あなた、虎木《とらき》さんに想《おも》いを寄せていらっしゃるんですよね？　それなのに、血を吸われる覚悟が無いんですか？」

未晴《みはる》が怒ると分かっていて、あえて嘲るように言う詩澪《シーリン》。

未晴《みはる》はこめかみを痙攣《けいれん》させながらも、己を抑えて反論した。

「私はこう見えてファントムの血筋です。吸血鬼に他のファントムの血を吸う習性はありませんし、虎木《とらき》様は誰かの血を吸うことを嫌う方です」

「嫌うということは、本質的にはその欲があるということですよ、未晴《みはる》さん。お酒、タバコ、お肉にお菓子……。人間の欲に置き換えてみれば分かりやすいじゃないですか。別に私は、虎《とら》木《き》さんに無差別に血を吸ってほしいと言っているわけじゃありません。辛《つら》いとき、私ならいつでもいいですよって、言ってるんです。……でも」

未晴《みはる》の短気ゲージが爆発する直前、詩澪《シーリン》から毒気が抜けた。

「虎木《とらき》さん、そういう方じゃなかったんですよね」

残念そうに嘆息し、肩を竦《すく》める。

「尸幇《シーバン》生活長いんで、目と耳はいい方なんですよ。虎木《とらき》さん、灯里《あかり》ちゃん相手にしどろもどろになっちゃって」

その途端、虎木《とらき》は全身から血の気が引いた。

「……おい、まさか聞いてたのか」

「聞こえちゃったんです。虎木《とらき》さんが高校生の女の子相手に、私と手を繋《つな》いでることをからかわれたり、アイリスさんに告げ口されそうになって慌ててるの」

「……とーらーきーさーまー？」

「違う。違うんだ未晴《みはる》。何で俺がお前に謝んなきゃならない空気になってんだか知らないが、誓ってやましいことはない！」

「私が腕とったり、ちょっと指絡《から》めたりするだけで可愛《かわい》い反応するから、案外簡単に誘惑されてくれるかなって期待してたんですけど」

「とーらーきーさーまー？　虎木《とらき》様虎木《とらき》様虎木《とらき》様とーらーきーさーまー？」

「未晴《みはる》はどういう立場で俺にそういう圧かけてんだよ⁉　梁《リアン》さんもやめてくれ！」

「……そういうお若い話は今することではないと思うのですが」

未晴《みはる》を中心に渦巻く怨念の外で、中浦《なかうら》がぽつりと呟《つぶや》いた。

「だから、正攻法じゃだめなんだって思って最終手段に出たんですけど、それでも全然で、アイリスさんに邪魔されちゃって、あっという間に捕まっちゃって……それで……」

ブラックホールのような相貌で威圧する未晴《みはる》と、それに圧倒されている虎木《とらき》を見ながら笑顔になっていた詩澪《シーリン》の瞳から、涙がこぼれた。

「そんなになってるのに、虎木《とらき》さん、私と仕事するのが楽しみだったって、言って、くれて」

「虎木《とらき》さんが、アイリスさんを助けに行くって、恋人どころか、友達でもないのに、助けに行くの、当たり前だって、いいなぁって、思って」

「……梁《リアン》さん……」

詩澪《シーリン》は、急に力を失ったように、その場にしゃがみ込む。

「今回室井愛花《むろいあいか》を国外脱出させる計画に招集されたメンバーは、全員捨て石になることが決まっているんです。私達が大陸に戻るルートは用意されてない。尸幇《シーバン》全体の意志のために、私達の命は使い捨てられる。ついに自分の番が来たんだって、私も、尸幇《シーバン》の仲間が使い捨てにされる姿を、何度も見てきたから……」

「……梁《リアン》さん」

「なのに、自分の番が来たら、嫌だって。どうして見ず知らずのファントムのために、自分を犠牲にしなきゃいけないのかって……室井愛花《むろいあいか》は、尸幇《シーバン》にとっては欠かせない外部の友人。それは分かる。でも……私だって捕まりたくない……親に売られて、デミ要員として育てられて、いつもいつも誰かを犠牲にしないと生きて行けなくて……その最後が、たかだか吸血鬼一人を日本から逃がすための捨て石だなんて……私、一体何のために生まれてきたんだろうって……それで……」

詩澪《シーリン》は、涙にぬれた顔で必死に笑顔を作りながら、虎木《とらき》を見上げた。

「私の本当の姿を知って、それでも変わらず人間扱いしてくれたのは、虎木《とらき》さんだけだった。

だから……」

詩濡《シーリン》は立ち上がり、拘束された手で目を乱暴に拭った。

「私も、虎木《とらき》さんみたいに生きてみたい。一人でも戦える力を手に入れて」

「やめとけよ。吸血鬼になったってしんどいだけだぞ」

それは実感としての虎木《とらき》の真なる気持ちだった。

「もちろん虎木《とらき》さんが気楽に生きているとは思いません。でも、親に人身売買されて、黒社会の捨て石にされた経験は、絶対に生きると思います」

「そんな経験生きるような生き方すんなって言ってんだよ。俺は人を吸血鬼に変えたりしない。そんなことしたら、未晴《みはる》も闇十字《やみじゅうじ》も、誰よりアイリスも黙っちゃいない」

「黙ってればいいじゃないですか。私、口固いですよ？　拷問に耐える訓練も積んでますから どんな尋問されてもバレません」

「そういう問題じゃない」

「今すぐ黙らせてあげてもいいんですよ。自重なさい、梁詩濡《リアンシーリン》」

「それを聞いた以上、闇十字《やみじゅうじ》としても黙っていられませんよ」

虎木《とらき》は呆《あき》れ、未晴《みはる》は漆黒の殺気で今にも詩濡《シーリン》を取り殺さんばかりだし、中浦《なかうら》もさすがに口を挟んでくる。

「俺は吸血鬼だが、人間に戻りたい一心で今日までやってきてるんだ。梁《リアン》さんが俺のことをどう思おうが勝手だが、俺は絶対に、人間を吸血鬼に変えたりしない」

「……私は物心ついてからずっと、僵尸《キョンシー》の社会で育ちました」

言い切った虎木《とらき》に、詩澪《シーリン》は目じりを赤くしながらも、不遜とも思える態度で言い返した。

「僵尸《キョンシー》は人間の魂魄《こんぱく》を食べることで力を高めます。魂魄《こんぱく》を食べられた人間が僵尸《キョンシー》になるかどうかは食べた僵尸《キョンシー》の意志によるところが大きいんです」

「それがどうした」

「中にはいたんです。元人間の僵尸《キョンシー》がね。魂魄《こんぱく》を食べることに抵抗があって、自分は絶対に誰かを僵尸《キョンシー》にしたりしないって言う人が。彼らはその後、どうなったと思います？」

「もったいぶんな。どうせ我慢できずに食っちまったんじゃないのか。だから俺だっていつか我慢できなくなるに決まってるって言いたいんだろ」

「正解です」

「種族も国も文化も違うファントムの生態なんか知るかよ。俺は俺だ。この世には肉や魚や卵みたいな動物性たんぱくを一切食わなかったり、果物だけ食ってたりする人間が結構な数いるんだぞ」

虎木《とらき》は詩澪《シーリン》の警告を一笑に付した。

「そういう生活は誰もがしたいと思うもんじゃないし、誰にでもやれるもんでもない。でもやれる奴《やつ》はやれる。だったら別に、人間の血を吸わない吸血鬼がいたって不思議じゃないだろ。

アイリスにも言ったが、この時期場末の居酒屋に行ってみろよ。年末バラエティ見ながらビールと日本酒と梅水晶でちびちびやって満足してる吸血鬼なんか、ゴロゴロいるぜ」

詩澪《シーリン》はしばし鼻白んだが、やがて小さく噴き出した。

「逆効果ですよ、虎木《とらき》さん」

「あ?」

「私、ファントムになるなら日本でって決めました。『親』も絶対虎木《とらき》さんがいいです」

「ああ!? 今の話聞いて何でそうなる!?」

「だってもう私は尸幇《シーバン》を裏切っちゃってるんですよ。ここで皆さんに協力した後は、殺されないようにうまく立ち回らなきゃならない。なまじ人間だと身分証明が必要になって身を隠すのも限界があるし、不法滞在で捕まれば中国に送り帰されちゃう。そうなる前にファントムになって、力つけて、日本の闇の中で平和に生きるのが私に一番合ってます!」

「……勝手に言ってろ! おい、アイリスの居場所はまだ特定できないのかよ」

「よくも闇十字《やみじゅうじ》の騎士長の目の前でとんでもない会話ができますね……。そんな話を聞かされて、作業に集中できるはずないでしょう」

中浦《なかうら》にしてみれば、古妖《エンシエント・ファントム》ストリゴイの『孫』ができるか否《いな》かの瀬戸際《せとぎわ》だったわけだから、その感想になるのも仕方がない。

「安心してください虎木《とらき》さん。私、絶対に虎木《とらき》さんがいいので、他の吸血鬼に浮気《うわき》なんかしませんから！」

「人間だからと手心を加えたのが間違いでした。虎木《とらき》様、今すぐこの泥棒猫を比企《ひき》家が経営する溶鉱炉に叩《たた》き込みましょう」

「何だよ比企《ひき》家が経営する溶鉱炉って怖えよ！　俺がお前と付き合いたがらないの、そういうとこだからな！　おい！　これ以上長引かせると話がややこしくなるし、俺の出勤時間も迫ってる！　アイリスはどこにいるんだよ⁉」

「あなた方と話しているだけで頭痛がしてきます！」

中浦《なかうら》は叫びながらキーボードに指を走らせる。

「本音を言えば、騎士の居所を探すこの機能はあまり使いたくないのです。古妖《エンシエント・ファアントム》相手なら、間違いなく探っていることを気付かれます」

「何だよ、アイリスの持ち物に、GPS発信機みたいなものがついてるんじゃないのか？」

「そんなもの、結界術を得意とするファントム相手には通用しません。今からやろうとしているのは、かつて手負いのファントムを追跡するために編み出された技術なのです。さて、準備ができました。虎木由良《とらきゆら》。比企《ひき》さん、ちょっとだけ、我慢してくださいね」

その瞬間、虎木《とらき》は鳩尾《みぞおち》を殴られたかのような衝撃を受け、未晴《みはる》も顔を顰《しか》めて目を瞑《つむ》った。

詩濡《シーリン》だけが二人を見ながらその反応に驚いている。

「反応、出ましたね」

虎木《とらき》と未晴《みはる》が衝撃を受けると同時に、石の卓上のホログラムに変化が起こる。

「デウスクリスの弾丸の反応があります。刻まれた聖紋が、シスター・イェレイに支給されているものと一致しました。比較的近そうですね」

ホログラムはサンシャイン60を中心に、広域に池袋周辺の街並みを映し出していたが、ホログラムが歪《ゆが》みながら動き、灯《とも》った光点にクローズアップしてゆく。

「な、何だったんだよ、今のすげぇ音……」

「久しぶりに聞きましたが……やはり堪えますね」

「え？　虎木《とらき》さんと未晴《みはる》さん、一体今何が……」

「古来、凶暴なファントムを寄せ付けないために村々に設《しつら》えられていた教会の鐘があります。これには街の魔よけの他に、銀の弾丸を撃ち込んでも死ななかったファントムの位置を特定する役割がありました」

中浦《なかうら》は、薄暗い天井を見上げる。

「このサンシャイン60の最上階に設《しつら》えられている聖鐘《せいしょう》ピースクワイアの音はファントムに不快感を与え遠ざけるとともに、ファントムの肉体に撃ち込まれた銀の弾丸と呼応します」

「人間の梁《リアン》さんには、多分何も聞こえなかったんだろうな。こっちは耳元で爆弾が吹っ飛んだような衝撃だった」

「そうなんですね。……あれ？　でもさっき中浦《なかうら》さんは、これをやると相手に知られてしまう

「って言ってませんでしたか? それって今の虎木さん達みたいに、ファントムに響いちゃうからってことですよね？」

「その通りです」

「それって街中で普通に暮らしているファントムの人って、どうなるのかな、って」

　詩澪《シーリン》の問いに、中浦《なかうら》は眼鏡を指で上げて答えた。

「私は中国語で、コラテラルダメージを何と言えばいいか知りません」

「おい！　今この瞬間街中でひっくり返ってる無実のファントムがいるかもしれねぇってことか⁉　もう少し穏便なやり方なかったのかよ！」

「神よ。シスター・イエレイを探すための尊い犠牲に感謝いたします」

「何でも神様つければ許されると思うなよ！　とはいえ、アイリスの居場所が分かったんなら、今すぐ乗り込めばいい！　愛花《あいか》がそこにいるってんなら、まとめて相手してやる！」

「虎木由良《とらきゆら》。今回は闇十字騎士団《やみじゅうじ》の総力を挙げて、古妖ストリゴイの討伐に当たります。あなたの事情は聞いていますが、優先順位は討伐です」

「早い者勝ちってか？　構わねぇよ。アイリスと未晴《みはる》と俺で勝てなかったのに、僵尸《キョンシー》に不意打ちされたくらいで怪我《けが》するような騎士どもに愛花《あいか》をどうにかできるとは思えないからな。せいぜいあいつの体力を減らしておいてくれ」

「比企《ひき》さん。今回はあなたは手出し無用です。シスター・イエレイが直接の被害に遭っている以上、これは我々の対処するヤマですから」

「まぁ、それは結構なのですけど、シスター・中浦《なかうら》。このホログラム中に点滅している光が、アイリス・イエレイの居場所なのですよね？」

「え？　そうですが」

「彼女、サンシャイン60にいますね？」

「「えっ？」」

未晴《みはる》が指摘した通り、いつの間にかホログラムに灯《とも》った光点が移動しており、サンシャイン60に接近してきているではないか。

「移動しているようですね。車か何かに乗せられているのでは」

アイリスと思《おぼ》しき光の点が、サンシャイン60の根元を渦巻くように一回転してから、南東の方向へ急速に離れてゆく。

その様子を見て虎木《とらき》はハッとなる。

「おい、これまさか、首都高に乗ってないか！」

首都高速道路の東池袋インターの入り口は、サンシャイン60とサンシャインシティ文化会館ビルの間を抜けて上がってゆく形になっており、そこから南側が皇居側に向かう道、北側は主に美女木《びじょぎ》ジャンクションに至る道となっている。

「ど、どうやらそのようですね！」

中浦《なかうら》がいつの間にか道路地図を手元で手繰っており、それに照らし合わせ、アイリスの反応は既に護国寺《ごこくじ》インターに到達しつつあった。

「おい、これどこに行こうとしてるんだ⁉　早く追いかけないとやばいんじゃないか？」

「虎木《とらき》さん、あの黒い霧みたいになる術で追いかけられないんですか？」

「高速道路走る車にはさすがに追いつけねぇよ。騎士団か比企《ひき》家の車、借りられないのか？」

「お貸しすることはできますが、虎木《とらき》様、運転はできるのですか？」

「う」

未晴《みはる》の問いに、虎木《とらき》は詰まる。

「……免許、持ってない」

「私もです」

「ファントムが無免許なんか気にしてどうするんですか⁉」

虎木《とらき》と未晴《みはる》が運転免許を持っていないことも、それを気にしていることも、詩澪《シーリン》には奇異に映ったらしい。

「俺には警察の親戚がいるんだよ。迂闊《うかつ》な真似《まね》したらとんでもない迷惑がかかる」

「警察との連携が重要な仕事ですから、迂闊《うかつ》に検挙されるわけにはいかないんです」

「尸幇《シーバン》の私が言うのもあれですけど、そんなに警察を気にしててファントムとしてやって行けます……？」

そうこうしている間にも、反応は飯田橋《いいだばし》に達してピースクワイアの反応圏内から外れようとしていた。

「仕方ありません。この中で免許を持っているのは私だけのようですね！　運転するのは十年ぶりですが、一肌脱ぎましょう！」

中浦《なかうら》が奮起するが、それならペーパードライバーであるという申告は必要なかった。

このままではアイリスを助ける前に、交通事故を起こすか警察に捕まる未来しか訪れないだろう。

折角居場所の目星がついたのに追跡できないという情けない状況に、未晴《みはる》は嘆息した。

「まぁ、これでもしアイリス・イェレイが死にでもしたら、寝ざめが悪いですからね。虎木《とらき》様。シスター・中浦《なかうら》」

呼ばれた二人は、この美しい和装の少女が、恐ろしいファントムであり、恐ろしい金持ちであることを改めて理解する。

「この貸しは、高くつきますよ？」

※

空腹でめまいがしてきた。

アイリスは拘束されていた料理店で出されたおにぎりだけでも食べておけば良かったかと後悔がよぎるが、それでも誰の手によるものかも何が入っているのかも分からないものなど口にする気になれなかったのも本当だ。

だから自分の判断は正しかったはずなのだが……。

「んー、やっぱり少し揺れるわねぇ」

だが今目の前で愛花《あいか》が、ふかふかのソファに身を沈めながら、魔法瓶で紅茶を飲みつつ、高級な洋菓子を摘まんでいるのを見ると、色々な意味で殺意が湧いてくる。

大体、今二人がいる場所からしておかしい。

梁戸幇《リアンシーバン》の目的が愛花《あいか》を海外に逃がすことだとは聞いたが、今二人が乗っているのは、そのために僵尸《キョンシー》が用意した大型トラックのコンテナなのだ。

最初はそれこそ貨物か何かと一緒にされて固い床に放り出されるのかと思いきや、乗せられたコンテナの中はキャンピングカーのようにコンフォータブルな内装だった。

床は未晴《みはる》のオフィスに匹敵するほどの毛足の長い絨毯《じゅうたん》に、本革張りの一人がけソファと、ティーテーブルにシングルベッド。

その上冷蔵庫やエアコンやテレビまで設《しつら》えられていて、おかげで手足を拘束されて床に転がされているというのに、あまり体が辛《つら》くない。

「アイリスちゃん、本当にお腹空《なか》いてないのぉ？　それならちょっと眠った方がいいわよぉ。

結構時間かかると思うから」

「言いたいことは色々あるけど……」

連れ立って旅行に行くかのような愛花《あいか》を睨《にら》み上げながら、アイリスは一番突っ込みたかったことを最初に突っ込んだ。

「何なのよこの豪華なコンテナは！」

「いいでしょぉ？　特注よ？　これなら貨物船に乗って密航するときも、気持ちよく眠れると思わない？」

豪華客船メアリ一世号に乗って日本にやってくるくらいだし、世界中のファントム組織と繋《つな》がりがあるらしいから、金持ちであることは想像できていた。

その金遣いの一端を見てアイリスは、釈然としない苛《いら》立《だ》ちに襲われる。

「アイリスちゃんを連れて行くって決めたとき、やっぱり特注しておいてよかったと思ってるのよぉ」

「それも、一体どういうことなの」

「何が？」

「横浜の戦いのことで私に復讐《ふくしゅう》したいなら、さっさと殺せばいいじゃない」

「ええ？　いやだぁ。そんなことしないわよぉ」

愛花《あいか》は心底驚いたように目を丸くして、ころころと笑い出した。

「由良《ゆら》から横浜で私が話したこと、何も聞いてないのぉ？」

「……ユラから？」

「ああ、その様子じゃ何も聞いてないかぁ。あの子、そういうところあるのよねぇ」

やれやれと肩を竦《すく》めて紅茶の魔法瓶のカップをテーブルに置くと、アイリスの前に屈《かが》みこみ、その耳に囁《ささや》いた。

「私、あなたのこと、結構前から知ってるのよぉ。ユーニス・イエレイと友達だったことがあるの」

アイリスの呼吸が止まり、目がこれまでになく見開かれる。

「驚いた？　ねぇ驚いた」

「……！」

言葉を失い、そして、見開かれたアイリスの瞳に、暗い炎が灯《とも》った。

「まさか……まさか……お前、お前が……っっ!!」

渾身《こんしん》の力で身をよじり、愛花《あいか》に嚙《か》みつかんばかりに体を伸ばそうとする。

「ユーニスは失敗しちゃったからねぇ。彼女の娘さんには、昔から期待してるのよぉ」

「お前があああああっ!!」

アイリスの絶叫を冷ややかな微笑で見下ろして、愛花《あいか》は立ち上がり、

「うぐっ」

激昂《げっこう》するアイリスの顔を軽く蹴り飛ばした。

「駄目でしょう？　お行儀が悪いわよ？」

「この……クソ……っ!!」

アイリスはそれでもなお愛花《あいか》の足元に食らいつこうとしたが、そのとき派手にコンテナが揺れた。

『何を騒いでイル愛花《アイファ》!!　緊急事態ダ！』

天井に仕込まれていたスピーカーから、梁雪神《リアンシユエシエン》の声が聞こえた。

「どうした雪神《シユエシエン》。今いいところなのに」

『思ったヨリ早く追いつかレタ！　何かガ……クッ』

「雪神《シユエシエン》？」

『……降りテクル!!』

愛花《あいか》と、そしてアイリスは、コンテナ越しに見えないはずの空を、思わず見上げた。

星空が地上に落ちてしまったようだった。

東京の夜空は地上から放たれる光によって、空にいてもなお、夜空に星を見ることはできない。

「間もなく大橋《おおはし》ジャンクション上空です！」

高空の風とローター音の中、ヘリコプターの操縦士が大声で叫ぶ。

「梁 詩澪《リアンシーリン》！　しっかり相手を捕捉していなさい！　ジャンクションで行き先を変えるかもしれませんからね！」

「大丈夫です！　追っています！」

操縦士の隣には未晴《みはる》が眼下の高速道路を見下ろしており、後ろの席では詩澪《シーリン》が羅尸盤《ルーシーバン》を掌《てのひら》の上で光らせていた。

「ちょうど真下にいます！　青いコンテナを積んだトラックと、それを囲んでる黒いトラックが三台！　全部に僵尸《キョンシー》が乗っています！」

「見つけた、あれだ！」

そして、詩澪《シーリン》の隣に座る虎木《とらき》もまた眼下の地上を見下ろしていて、詩澪《シーリン》が示すトラックの一団をすぐに発見した。

「虎木《とらき》さん！　本当に私の血はいらないんですか⁉」

「いらねぇって言ってるだろ！　俺はこれで十分だ！」

虎木《とらき》がポケットから取り出したのは『スッポンの生き血』のシールが貼られたボトルだった。

アイリスの聖務のために購入し、中浦《なかうら》のガサ入れで見逃されたあの生き血だった。

「それでは虎木《とらき》様っ！」

「お、おい未晴《みはる》っ！」

「あっ！　未晴《みはる》さんちょっと！」

虎木《とらき》が生き血を飲み切ったのを見計らって、未晴《みはる》はシートベルトを外して立ち上がり、シートの下に置いてあった漆塗りの鞘《さや》に収まった立派な拵《こしら》えの刀を手に取ると虎木《とらき》に思いきり抱き着いた。

「さ、私をしっかり摑《つか》まえて、飛んでください。放さないでくださいね？」

「やめろ未晴《みはる》こんな時にっ！」

「……むー」

虎木《とらき》に抱き着きながら詩澪《シーリン》に向かって勝ち誇った顔をする未晴《みはる》と、羅戸盤《ルーシーパン》を浮かべる手に力を入れながらむくれる詩澪《シーリン》。

「ああもう！　行くぞ！」

次の瞬間、虎木《とらき》がヘリコプターの出口を思いきり開くと、ベルトをして座ったまま全身が一瞬で黒い霧となって分散し、未晴《みはる》を抱え上げ、東京の夜空に飛び出した。

風の抵抗で未晴《みはる》の着物が派手にはためき、虎木《とらき》の霧もまた、煽《あお》られ逆巻く。

「あれです虎木《とらき》様！　青いコンテナのトラック！」

『ああ、見えてる！』

間違えようもなかった。

相手も、こちらの接近に気付いていたに違いない。

聖鐘《せいしょう》ピースクワイアではアイリスが所持する弾丸の位置を確認していたが、詩澪《シーリン》の羅戸盤《ルーシーバン》で特定していたのは梁戸幇《リアンシーバン》の僵尸《キヨンシー》の位置だった。

虎木《とらき》と未晴《みはる》が目指すトラックの青いコンテナの上には、黒い人影が一つわだかまっており、

「虎木《とらき》様、来ますっ！」

その黒い影が、詩澪《シーリン》の分身の術とは比べ物にならないほどの無数の氷柱を、未晴《みはる》目掛けて正確に射出してくる。

機銃掃射の如《ごと》く撃ちだされる氷の槍《やり》に虎木《とらき》の霧は散らされるが、

「僵尸《キヨンシー》ごときがっ！」

『おい未晴《みはる》っ⁉』

未晴《みはる》は空気抵抗を激しく受けそうな着物姿のまま空中で身を翻《ひるがえ》し、虎木《とらき》の霧の上に立った。

そして刀を構えると鞘《さや》を払い、自分の目の前の空間を切り裂く。

『うおっ！』

その衝撃だけで、虎木《とらき》の黒い霧が大きく揺れた。

横薙《な》ぎの一線が大気を切り裂き、衝撃が生み出した気流が迫る弾丸を悉《ことごと》く失速させる。

「虎木《とらき》様！　流されています！　このままでは置いて行かれますよ！」

『分かってる！　ていうか何だこの状況！　俺は筋斗《きんと》雲《うん》じゃねぇんだぞ！』

虎木《とらき》は乱れる気流の中、未晴《みはる》を霧の背に乗せたまま何とか体勢を立て直しながら、未晴《みはる》の足を支えつつ青いコンテナに追いすがる。

その間、青いコンテナ上の僵尸《キョンシー》は間断なく氷の弾丸の雨を浴びせてくるが、未晴《みはる》の刀が一振りされれば、全ては驟雨《しゅうう》の如《ごと》く砕け散った。

「っ、虎木《とらき》様！」

『分かってる！　下ろすぞ!!』

いよいよ青いコンテナに肉薄する瞬間、未晴《みはる》の警告で、虎木《とらき》は霧から未晴《みはる》を切り離し青いコンテナに着地させ、自分は隣を走るトラック目掛け霧をよじる。

間一髪、霧と未晴《みはる》の間を銀色の光が駆け抜け、虎木《とらき》はそれを横目で見ながら、隣のトラックのコンテナの上に着地した。

「あらぁ、外れちゃった！」

首都高速道路を疾走するトラックのコンテナの上でも、その声はなぜか虎木《とらき》の耳に真《ま》っ直《す》ぐ届いた。

未晴《みはる》が着地した青いコンテナの上には、氷の弾丸を撃ってきた僵尸《キョンシー》と並んで、虎木《とらき》の吸血鬼としての『親』が立っていた。

「思ったよりも早く嗅ぎつけられちゃったわねー由良《ゆら》！　寒いぃ！」

相変わらずおどけたような愛花《あいか》に、虎木《とらき》は舌打ちをする。

「ピースクワイアの振動がしたとき、ちょうどサンシャインの下通ったから、見つかったことは分かってたのよぉ。でもまだこの時間だし、車もトラックもいっぱいいるから見つからないだろうなって思ってたのよ。どうしてこの一団だって分かったのぉ？」

「羅戸盤《ルーシーバン》の気配がシタ。恐らくあのヘリに裏切りモノが乗っていル」

愛花《あいか》の隣の僵尸《キョンシー》が、口を開いた。

これも不思議なことに、虎木《とらき》の耳にはしっかりと届いた。

「裏切者《うらぎりもの》……じゃあ比企《ひき》家か闇十字《やみじゅうじ》に捕まった僵尸《キョンシー》の誰かが、裏切ったのかぁ。ねぇ雪神《シュエシエン》」

「……愛……ぐっ！」

「なっ⁉」

愛花《あいか》の突然の凶行に、虎木《とらき》も未晴《みはる》も目を見開いた。

突然拳を振るい、僵尸《キョンシー》の顔を殴りつけたのだ。

「梁戸幇《リアンシーバン》の質も落ちたものね。敵の手に落ちれば、翌日には陽の光に身を晒《さら》して死ぬのが尸幇《シーバン》の僵尸《キョンシー》の掟《おきて》じゃなかったかしら」

「グ……」

そしてよろめく僵尸《キョンシー》の膝の裏を無造作に蹴りつけ膝を突かせ、その頭を摑《つか》み上げる。

「しかも半端者《はんぱ》を紛れ込ませたわね。イェレイの騎士から、由良《ゆら》に血を吸わせようとした僵《キョン》尸《シー》がいるって聞いたわ」

「な、何⁉　ま、待テ、愛花《アイファ》……」

「私を国外脱出させてって言ったわよね？　まさかとは思うけど、尸幇《シーバン》にストリゴイの血を取り込もうとしたのかしら。あなたのところ、デミが何人かいたわね」

「ご、誤解ダ！　私は決して愛花《アイファ》に逆らうようなこと……ガアアッ！」

「実際に見つかってるでしょうが。由良《ゆら》ってばこう見えて警察に顔が利《き》くのよ。まだ東京も出てないのに、こんなところでやりあったらNシステムに追跡されて港で臨検されるわ」

高速道路の通行状況は、常に運営会社によって監視されている。

コンテナの上に何人もの人間が立った状態のトラックが監視センターのカメラに頻繁に映れば、高速警備隊に通報が行くだろう。

いや既に、前後の車の乗員が通報していてもおかしくない。

「ここ何年か、つまらない小金稼ぎのために僵尸《キョンシー》を都内で暴れさせてるとも聞いたわ。歴史に胡坐《あぐら》をかいて質の落ちた組織を、私は大切にするつもりはないわよ」

僵尸《キョンシー》の氷術など比べ物にならない絶対零度の愛花《あいか》の目は、とてもではないが、盟友を見る目ではなかった。

「か、必ず倒ス！　イエレイの騎士も、必ず大陸に渡ス！　そのために私が来タ！」

大陸の尸幇《シーバン》を率いる幇主《ほうしゅ》、梁雪神《リアンシユエシエン》の頭を引きずり上げたまま、愛花《あいか》は雪神《シユエシエン》を自分の体の前に持ち上げた。

「ならば盟約を守りなさい！」

その瞬間には、既に虎木《とらき》が霧となって肉薄していた。

仲間割れしているところを落ち着くまで待つほど、虎木《とらき》も未晴《みはる》もお人よしではない。

虎木《とらき》が黒い霧を精一杯広げ、雪神《シユエシエン》と愛花《あいか》に襲い掛かるふりをして二人の視界を塞ぐ。

「はあああああっ!!」

その後ろで未晴《みはる》が刀をひらめかせ、ステンレス加工されたトラックコンテナの天板の中央を切り裂いた。

「虎木様《とらき》！」

『いたか！』

「このトラックは違います！　アイリス・イェレイは乗っていません！」

屋根が落ちたコンテナの中はただの空洞で、アイリスどころか荷物の一つも積載されていなかった。

「他の……うっ！」

『う、おおおおっ!?』

次の瞬間、虎木《とらき》は霧となった自分の体がわし掴《づか》みにされ、青いコンテナのトラックから引き離されるのを感じた。

そして未晴《みはる》もまた、いつの間にか前と後ろを黒ずくめの僵尸《キヨンシー》二体に挟まれ、身構えざるを得なくなっていた。

別々のトラックのコンテナに追い詰められた虎木《とらき》と未晴《みはる》。

「失《う》せなさい！　私はファントムの命を断つのに躊躇《ちゅうちょ》などしませんよ！」

梁雪神《リアンシュエシエン》と一対一の状況に追い込まれている虎木《とらき》を助けに行きたい未晴《みはる》だったが、自分を囲む僵尸《キョンシー》二体も詩澪《シーリン》など比べものにならない手練《てだ》れであることは気配で分かる。

「……いいでしょう、その覚悟があるのなら……死になさい！」

雪神《シュエシエン》の氷の弾丸を一刀のもとに叩《たた》き伏《ふ》せた一閃《いっせん》が、未晴《みはる》の前と後ろの僵尸《キョンシー》の体を同時に薙《な》いだ。

未晴《みはる》の体格からすれば信じがたいほど広く、それでいて精密な居合いの一太刀に、コンテナが未晴《みはる》の足の形にわずかに凹《へこ》む。

「む、ぐウ」

「ク……！」

浅手ではあるが、前後の牽制《けんせい》に成功した未晴《みはる》は、動揺の大きい前方の僵尸《キョンシー》を選んで肉薄し、その足元目掛けて頭から突っ込んだ。

「ウオ!!」

異様な低空から切り込まれた僵尸《キョンシー》は更に焦《あせ》り体重が浮き上がり、その隙を見逃さなかった未晴《みはる》に顎を蹴り上げられる。

「見えていますよ！」

もう片方の僵尸《キヨンシー》が、味方が蹴られた隙をつき、指先から生まれた異形の爪を振るい襲い掛かるが、未晴《みはる》は蹴り上げた右足を翻《ひるがえ》し、そのまま角度を変えて踵《かかと》を顎に当て、コンテナの天板に最初の僵尸《キヨンシー》を叩《たた》きつけ、自分も足を前後に開脚し、背後の僵尸《キヨンシー》が想定した以上に体を沈みこませる。

未晴《みはる》の胴体を狙って撃ち込まれた爪は空を切り、次の構えを取ることすらできず、体の下に潜り込んだ未晴《みはる》は地面すれすれで身を捩《ね》じりながら刀を一閃《いっせん》させた。

僵尸《キヨンシー》の腹から派手に血が飛び散り、雨のように未晴《みはる》の美しい着物を赤黒く染めてゆく。

「投降しなさい。僵尸《キヨンシー》といえど、その傷は命に関わります！」

倒れ伏した二人の僵尸《キヨンシー》を踏みつけ刀を突きつけながら警告を発した未晴《みはる》だったが、

「……」

頭まで黒ずくめの僵尸《キヨンシー》の、唯一見えている目が殺意の笑みを浮かべ、未晴《みはる》は危険を察知し倒れた僵尸《キヨンシー》から離れようとする。

だが、一瞬遅かった。

未晴《みはる》に斬られコンテナの屋根に落ちた血が白い煙を上げ、瞬《まばた》きする間に急激に空気から温度を奪ってゆく。

そして、未晴《みはる》は飛びのこうとしたその姿勢のまま、流れた血から吹きあがった赤黒い氷の柱に閉じ込められてしまったのだった。

「未晴《みはる》っ!!」

優勢に見えた未晴《みはる》が一転敵の術に拘束されたことに気付いた虎木《とらき》は叫ぶが、

「待ってろ！　今行くからな！」

繰り出される雪神《シユエシエン》の爪を回避するのが精いっぱいで、とても未晴《みはる》を助けに行ける状況ではなかった。

雪神《シユエシエン》の爪と手は、どういうわけか霧となった虎木《とらき》を摑《つか》むことができるようで、避けられない爪を霧になって回避しようにも、貫かれた霧のダメージが虎木《とらき》の吸血鬼としての生命維持に明らかに害を与えていることが分かる。

先ほど未晴《みはる》から引き離されたときも、雪神《シユエシエン》は虎木《とらき》の霧全体を掌握して隣のトラックまで無理やり牽引《けんいん》した。

「くっそ！　ちょっと離れろって！」

このままやり合っていても雪神《シユエシエン》を振り切ることはできないと悟った虎木《とらき》は、手の指先だけを霧にして、その霧をそのまま風に散らした。

「なニヲ……」

「これならな、実体がある状態で体を傷つけるより、少しだけ痛くねぇんだよ」

言いながらも涙目になる虎木《とらき》だったが、雪神《シユエシエン》は直《す》ぐに、虎木《とらき》の両の手が血に染まっていることに気付いた。

虎木《とらき》は両の掌《てのひら》を雪神《シユエシエン》に向ける。

体の一部であった霧を切り離したことで、虎木《とらき》の指には痛々しい裂傷が走っていた。

虎木《とらき》の指から噴き出す血が意志を持ったかのようにうねりはじめ、トラックのスピードに逆巻く暴風になって散り散りになるが、散った全ての血が、虎木《とらき》の周囲に漂い、そして一瞬で鋭いとげの形に凝固した。

「喰《く》らっとけ!!」

「ムウっ!!」

禍々《まがまが》しい血の弾丸が、目にもとまらぬ速さで雪神《シユエシエン》に降り注ぐ。

雪神《シユエシエン》も即座に氷の弾丸を発射し虎木《とらき》の血を迎撃しようとするが、氷と血が接触する寸前、虎木《とらき》の血の弾丸が砕けた。

砕けた全ての破片が鋭い針のように凝固して、なおも雪神《シユエシエン》に突き進んでゆく。

「これハッ!」

「刺さったらかなりしんどいぞ」

どこまでも細かくなる針が降り注げば、一撃一撃のダメージは小さくでも傷を癒《いや》すことが極めて難しくなる。

しかも、この弾丸は血であり、適合していない血液型と間違って混ざってしまうと、抗原反応が起こり赤血球が破壊されることはよく知られている。

そうでなくとも、吸血鬼の血を単純に僵尸《キョンシー》の肉体に入れれば、どんな反応が起こるか誰も実験したことが無い。

雪神《シユエシエン》もその危険性に思い至ったか、更に隣の車に逃げることで虎木《とらき》の血の弾丸を回避する。

「おい！　その車関係者じゃないだろ！」

だが虎木《とらき》には、そこまで雪神《シユエシエン》が逃げるのも予想外だった。

虎木《とらき》と雪神《シユエシエン》が戦うトラックの隣車線を走っていたのはどこかの会社の営業車らしいごく普通のワンボックスカーで、運転しているワイシャツ姿の男が、見たことも無いような驚愕《きょうがく》の表情で虎木《とらき》と自分の車の天井を交互に何度も見ている。

「……これ以上、愛花《アイファ》を追うナラ、周囲の人間ニ被害が及ブゾ」

そう言うと、雪神《シユエシエン》は爪の刃を、ワンボックスの屋根に突き立てるではないか。

「関係ない奴《やつ》を巻き込むんじゃねぇよ！」

「貴様らコソ我々の計画とは最初から無関係だろうガ！　諦めて失《う》せれば何もしないと言っているノダ！」

「フザけんなっ!!」

虎木《とらき》は霧になって雪神《シユエシエン》の爪にまとわりつき、車を刺し貫こうとする雪神《シユエシエン》と、そうはさせまいとする虎木《とらき》が異形の力比べを繰り広げることとなったが、

『なんだ……？』

虎木《とらき》はすぐに異常に気付いた。

虎木《とらき》がこんなに簡単に止められるような僵尸《キョンシー》に、尸幇《シーバン》の幇主《ほうしゅ》など務まるだろうか。

いや、そもそも戦闘が始まる前に愛花《あいか》が雪神《シユエシエン》を叱責したとき、愛花《あいか》はＮシステムを引き合いに出し、警察に関わりたくないと言っていた。

それなのに。叱責された雪神《シユエシエン》が関係ない人間を巻き込むようなことをするだろうか。

その瞬間、二人がもめているボックスワゴンが急激に減速し、ハザードランプを焚《た》いて減速し始めた。

『まさか！』

最初に取りついたコンテナにアイリスがいない時点で、理解するべきだった。

いつの間にか、愛花《あいか》と二台のトラックが、赤い氷の柱に閉じ込められた未晴《みはる》のトラックと、虎木《とらき》と雪神《シユエシエン》のトラック、そして哀れ巻き込まれたワンボックスカーだけを残し消えたのだ。

『そりゃ俺達が勝つまで律義《りちぎ》に待っててくれるわけねぇよな‼』

虎木《とらき》と雪神《シユエシエン》の頭上を、浦和インターが近付いた旨《むね》を知らせる案内標識が行きすぎる。

僵尸《キョンシー》達の車群は、首都高から関越道に向かうルートを取っていたようだが、普通に考えて、虎木《とらき》達に追いつかれたのなら、全部のトラックが並走し続けなければならない理由などどこにも無い。

追跡者の虎木《とらき》と未晴《みはる》を本命から引き離した時点で、本命はスピードを上げ、囮《おとり》はスピードを落とせば、それだけでもう今の虎木《とらき》達に愛花《あいか》とアイリスを追跡することはできなくなる。

「こんな騒動、比企《ひき》家でももみ消せないぞ。尸幇《シーバン》の幇主《ほうしゅ》が、日本に骨埋める気か⁉」

「それが尸幇《シーバン》の掟《おきて》ダ‼」

梁雪神《リアンシユエシエン》が本気であることは、黒ずくめの頭巾から覗《のぞ》く目だけ見ても分かった。

「全ては尸幇《シーバン》の友である愛花《アイファ》の望みを叶《かな》えるためだけにここにいル。我らが滅びようと、残った者達が掟《おきて》に従い尸幇《シーバン》を引き継ぐだろう！」

「捨て身上等とか、今時流行《はや》らないが、そっちがいいなら思い通りにしてやるよ！」

虎木《とらき》は雪神《シユエシエン》の腕を全力で拘束したまま、上半身だけを実体化させる。

「悪霊《あくりょう》退散だ‼」

そして、霧の状態でポケットから取り出しておいたそれを、雪神《シユエシエン》の額目掛けて思いきり振りかぶる。

予《あらかじ》め用意していた僵尸《キョンシー》封じのお札だったが、雪神《シユエシエン》は全く動揺しなかった。

「封魄冊《ふうはくさく》など大人しく貼られるとオモウカッ‼」

雪神《シユエシエン》は、虎木《とらき》に腕を拘束されながらも、己の額の前に氷の弾丸を展開し即座に発射。

お札は無残に破り去られ、お札を持っていた虎木《とらき》の手も貫かれ、二人の前で激しく血が飛び散り、そして、

「思ってねぇよバカ野郎」

次の瞬間、雪神《シユエシエン》の腹部を衝撃が貫いた。

「かはッ……！」

それは銃声だった。

僵尸《キヨンシー》である雪神《シユエシエン》にとって、拳銃の弾丸程度であれば食らったところでいささかの痛痒《つうよう》も無いはずだった。

だが、その瞬間爪の刃は掻《か》き消《き》え、足から力が失われ、雪神《シユエシエン》は立っていられなくなってしまった。

「聖銃……デウス、クリス……吸血鬼の、貴様が、何故《なぜ》……」

お札を見破られることも、反撃されることも、もっと言えば虎木《とらき》が吸血鬼であることも、この一手のための目くらまし。

吸血鬼であるはずの虎木《とらき》が、闇十字騎士団《やみじゆうじ》の聖銃を尸幇幇主《シーバンほうしゆ》に叩《たた》きこむための布石だった。

「パートナーシップ制度を利用してな」

虎木《とらき》の左手には、グリップに『SETSUKO・N』と刻まれた中浦《なかうら》のデウスクリスが握られていた。

古妖《エンシエント・フアントム》に匹敵すると噂《うわさ》される尸幇幇主《シーバンほうしゆ》と戦うことになった場合の保険として借り受けたものだが、本音を言えば、愛花《あいか》と戦うときまでこの手を使いたくはなかった。

だが今使わなければ、なし崩し的に虎木《とらき》は戦線から離脱してしまう。

虎木《とらき》は膝を突いて気絶した雪神《シュエシエン》を抱え再び霧となり、ハンドルを握ったまま怯《おび》えて動けなくなっているワンボックスカーの男性に心の中だけでお詫《わ》びをしながら近くの車の屋根を伝って、再び愛花《あいか》を追い始めた。


「やれやれ。梁戸帮《リアンシーバン》も案外頼りにならないわぁ。雪神《シュエシエン》ともはぐれちゃったし」

コンフォータブルコンテナに戻って来た愛花《あいか》は、いら立ちを隠しきれない様子でソファに座り込んだ。

「ユラをどうしたの⁉」

アイリスの怒りに、愛花《あいか》はにたりと笑う。

「あらあらぁ？　私、由良《ゆら》が来たって言ったかしらぁ」

「私とあなたをこんなにしつこく追うのなんてユラとミハルくらいしかいないわよ！　つまらないこと言ってないで答えなさい！　二人は無事なの⁉」

「なんだつまんない。知らないわよ。由良《ゆら》は雪神《シュエシエン》が相手してるみたいだし、比企未晴《ひきみはる》も氷牢柱《ビンラオジュ》の術に取り込まれてたから、まぁ無事じゃないでしょうねぇ」

「梁 雪神《リアンシュエシエン》が……！」

「腐っても梁戸幇《リアンシーバン》の幇主《ほうしゅ》よ。幇《はん》を継いで日は浅いけど、力は歴代の幇主《ほうしゅ》にも劣らない。まぁ、由良《ゆら》一人で勝てる相手じゃないわ。勝てたとしても、由良《ゆら》じゃあこのトラックには追い付けない。さっき浦和を過ぎて関越道《かんえつどう》に入ったから、もう五キロ以上離れてるはずよ」

愛花《あいか》の口調には、先程までの余裕が無い。

信じがたいことだが、古妖《エンシェント・ファントム》をしてこの状況は余裕を失うほどの想定外であるらしい。

「まあ、期待しない方がいいわ。どっちにしろあの二人じゃ、今の私にもかなわ……えっ」

「きゃああっ！」

そのとき突然、コンフォータブルコンテナを積んだトラックが急減速したではないか。

アイリスは慣性で吹き飛ばされてしこたま背中をコンテナの壁にぶつけ、愛花《あいか》も思わず体勢を崩す。

「ちょっと！　一体何やってるの！」

愛花《あいか》が激怒するが、答えもないままトラックはどんどん減速し、遂《つい》には停車してしまう。

「フザけないで、一体どういうつもり……！」

愛花《あいか》はコンテナの外に出て運転していた僵尸《キョンシー》を叱咤《しった》しようとするが、道幅の広い関越道《かんえつどう》の路肩に止まったトラックの運転席には、見覚えの無い僵尸《キョンシー》が一人だけ、しかも真《ま》っ直《す》ぐ前を見たまま微動だにせずに座っている。

「速く車を出しなさ……っ！」

運転席のドアをこじ開けてつかみかかろうとした愛花《あいか》の目の前で、その僵尸《キョンシー》は空気に溶けるようにして影も形も無くなってしまった。

僵尸《キョンシー》が座っていた運転席には黒い紙を人型に切った紙片がはらりと落ち、愛花《あいか》はようやく目の前で起こっている事態を正確に把握した。

頭上を振り仰ぐと、遠くからかすかにヘリコプターの音が聞こえる。

「小癪《こしゃく》なマネっていうのは、こういうこと言うのかしら」

虎木《とらき》と未晴《みはる》を運んできたあのヘリコプターに、恐らく裏切者《うらぎりもの》の僵尸《キョンシー》が乗っていたのだ。

そいつが羅尸盤《ルーシーバン》で分身体を生み出し、運転していた僵尸《キョンシー》の不意を打って入れ替わった。

そして裏切者《うらぎりもの》はもう、あのヘリコプターでとっくに手の届かないところまで逃げているに違いない。

愛花《あいか》は、アイリスに貫かれ回復しない左胸を押さえると、トラックが今来た道を振り返る。

「……追いつかれちゃったか」

果たして後方から、彼女の『子』の気配が接近してくるのが伝わって来た。

吸血鬼の力を発現しているときだけ感じることができる、親子の気配。

恐らく雪神《シユエシエン》は敗北し、ことによれば比企未晴《ひきみはる》の足止めもできていないのだろう。

「梁戸帮《リアンシーバン》でこれじゃあ、大陸の尸帮《シーバン》は、もうダメかもしれないわねぇ。これも時代の流れかしらね」

愛花《あいか》が独《ひと》り言《ご》ちる間にも、虎木《とらき》達の気配は近付いてくる。

やがて、愛花《あいか》や雪神《シユエシエン》達とは全く関係の無い、大型観光バスの屋根に乗った虎木《とらき》と未晴《みはる》が、愛花《あいか》のトラックの前に降り立った。

「満身創痍《そうい》ねぇ。梁戸幇《リアンシーバン》は、一応は手強《てごわ》かったということかしら」

虎木《とらき》はお札ごと撃たれた右腕が回復しておらず、未晴《みはる》は全身血で濡《ぬ》れそぼっている。

「とはいえ、僵尸《キョンシー》が死《し》に際《ぎわ》に使う氷牢柱身《ビンラオジユシエン》でも足止めできないなんて……比企《ひき》のお嬢さん、あなたも腐っても、古妖《エンシエント・ファントム》の一族なのねぇ」

「長寿が取り柄の我が家の技は、僵尸《キョンシー》の得意技ととても相性が良いようで」

疲れた顔をしながらも、未晴《みはる》は身を深く沈め、刀を構える。

未晴《みはる》が身構えると同時に、その全身から湯気が立ち上り始めた。

未晴《みはる》の周囲の温度が少しずつ上昇し、冬の高速道路の冷たい外気と反応して周囲を白く染め上げる。

「生命の根源は熱。我が比企《ひき》家が持つ数少ない攻撃のための能力が、この生体熱操作。あなたをゆであがらせるくらいは、造作もありませんよ?」

「ふぅん、熱ねぇ。でも、ストリゴイの鬼火をナメてもらっちゃ困るわねぇ」

愛花《あいか》はあくまで余裕の表情を崩さず、掌《てのひら》の上に青白い炎を浮かび上がらせて見せた。

「燃えるように熱いのに、耐えられないほど寒い鬼火は、人間の生命の熱なんか、簡単に吹き飛ばすわよ。例えば……」

愛花《あいか》は鬼火を掌《てのひら》から解き放つと、停車したトラックのコンテナの入り口で漂わせ始める。

「これを今、このコンテナの中に転がっているアイリスちゃんの体に押し付けたら、どうなるかしらねぇ？」

「つまらん脅しはやめろ。お前は横浜のときも、アイリスに興味を持っていた。ただ国外に逃げたいだけなら、アイリスなんかいるだけ邪魔のはずだ。お前にはアイリスを連れていきたい理由がある。だから、アイリスを害することは決してしない」

虎木《とらき》は青白い鬼火を油断なく睨《にら》みながらも、毅然《きぜん》と言い放った。

「そう言いきれるかしら。私の寿命は長いのよ。気長に構えていれば、彼女の代わりを見つけることだってできるかもしれないわよ」

「こっちはあなたの代わりを見つけるのは面倒だから、ここで観念してちょうだい」

それは、虎木《とらき》でも未晴《みはる》でも、もちろん愛花《あいか》の声でもなかった。

愛花《あいか》の後頭部に、銀色の銃口が突き付けられた。

「あなたとお母さん……ユーニス・イェレイの関係、話してもらうわよ」

「……おかしいわねぇ。どうやって拘束を解いたのぉ？　デウスクリスも隠しておいたのにぃ」

愛花《あいか》の口元は笑っているが、目には余裕がない。

愛花《あいか》の後ろには、デウスクリスを右手に構えたアイリスが立っていたのだ。

「比企家《ひき》のヘリは、いい仕事をしたわね」

アイリスは苦笑しながら、虎木達《とらき》に顎をしゃくってみせた。

コンテナの陰から、ちらりと顔を覗《のぞ》かせたのは、羅尸盤《ルーシーバン》を持った詩澪《シーリン》だった。

「ヘリから私が降りたことさえ見られなければ、きっとうまくいくと思っていました」

「……私としたことが、随分単純な手にひっかかっちゃったのねぇ」

トラックが停車して状況確認のために外に出たとき、愛花《あいか》は比企《ひき》家のヘリコプターが飛び去ってゆくのを見た。

虎木《とらき》と未晴《みはる》がヘリから降りてきたことは雪神《シユエシエン》に聞いて知っていたが、他に戦闘要員が降りてくる気配はなく、今この瞬間も、羅尸盤《ルーシーバン》が光っているにも関わらず、アイリスを助けたこの女からはファントムの気配が一切しない。

「なるほどねぇ。あなたがアイリスちゃんの言っていたデミね。ゴミみたいな力しか持ってないことを逆に利用して私の目を逃れるなんて、如何《いか》にも小賢《こざか》しい人間らしいわぁ」

「その人間にあなたは今日負けるのよ。アイカ・ムロイ。大人しく捕縛されなさい」

アイリスの言葉に合わせて、虎木《とらき》もデウスクリスを構えた。

「愛花《あいか》。終わりだ。ここであんたを倒して、俺は人間に戻る」

「ふふ……ふふふふふふ」

たとえ古妖《エンシエント・ファントム》であろうと、絶望的な状況であるはずだ。

それなのに、愛花《あいか》は笑った。

心から楽しそうに笑った。

「まさか雪神《シユエシエン》を倒すなんて……成長したわねぇ、由良《ゆら》」

「何？」

「招待状、受け取ったから来てくれたんでしょう？」

「……あれは一体何だったんだ。お前は損してばっかじゃないか」

虎木《とらき》の脳裏に、アイリスの血が染《し》みついたクリスマスカードがよぎる。

「雪神《シユエシエン》は梁戸幇《リアンシーバン》の幇主《ほうしゅ》を継いでまだ何年も経《た》たなくてねぇ。その間に組織の質が低下して、日本に潜ってる連中がつまらない犯罪を繰り返すことが増えてたのよ。口で言っても止《や》めそうにないから都内の僵尸《キヨンシー》だけでもこの作戦中にある程度潰しておきたかったんだけど……まさか幇主《ほうしゅ》が倒されるとはねぇ。これじゃあ戸幇《シーバン》そのものが倒れちゃうわねぇ。やっぱり体調崩してるときに、マルチタスクで大きなことやるものじゃないわねぇ」

虎木《とらき》とアイリスが和楽《わらく》から聞いた過去の強盗事件は、犯罪組織のただの金稼ぎだった、とでも言うのだろうか。

「……室井愛花《むろいあいか》。あなた方が日本の治安に対して犯した罪は重い。捕らえた僵尸《キヨンシー》達ともども、あなたの背後関係もじっくり話していただきますよ」

ファントム社会と人間社会の調整を至上命題としている比企《ひき》家の者として、未晴《みはる》がこれまでになく愛花《あいか》を強い敵意とともに牽制《けんせい》する。

「ここにいる全員、あなたに聞きたいことばかりよ。観念しなさい」

未晴《みはる》の刀と、二丁のデウスクリスの銃口を向けられて尚《なお》、心臓が一つ修復されていない愛花《あいか》は、くぐもった声で笑い始めた。

「ふふ……ふふふ……あーあ、懐《なつ》かしいわねぇあの夜もこうだったわぁ」

「おい、動くな！」

「アイリスちゃん。あなたのお母さんのユーニスも、今のあなたみたいに私にデウスクリスを突き付けた。彼女のパートナー・ファントムと一緒に、ね？」

「黙りなさいっ!!」

「血は争えないのねぇ？　ユーニスのパートナーも吸血鬼だったわぁ」

「動くなって言ってるでしょ!!」

何故《なぜ》か膨れ上がってゆく愛花《あいか》の不気味さに、アイリスが激昂《げっこう》したそのときだった。

轟音《ごうおん》と共に、一台のトラックが虎木《とらき》達の後方から突然突っ込んできたのだ。

「クソ！　残りの一台か!!」

「二人とも早く撃って!!　せあああああっ!!」

踵《きびす》を返《かえ》した未晴《みはる》が、身構えていた刀を突っ込んできたトラックに居合い抜く。

不可視の衝撃がトラックを直撃し、フロントガラスを粉々に砕き運転席をひしゃげさせるが、それでもトラックはスピードを落とさず虎木《とらき》達に肉薄した。

「くそっ!」

虎木《とらき》も未晴《みはる》もアイリスも詩澪《シーリン》も、動かざるを得なかった。

二丁のデウスクリスの射線が切れた一瞬に愛花《あいか》は跳躍し、突っ込んできたトラックのコンテナに飛び乗ってしまう。

「また会いましょう。そのときには、ユーニスのことで盛り上がりましょうねぇ」

去り際の一瞬、愛花《あいか》はアイリスにそう耳打ちした。

アイリスは走り去るトラックを狙ってデウスクリスを構えるが、既にトラックは拳銃の射程距離から遠く離れ、その暴走行為に恐れをなした後続車が壁となって、一瞬で見えなくなってしまった。

路肩にへたりこみながら、消えてしまったトラックと愛花《あいか》の行く方向を見ながら、詩澪《シーリン》は複雑そうな顔で安堵《あんど》の息を吐き、未晴《みはる》は歯噛《はが》みしながら刀を鞘《さや》に納めた。

「ユラ……助けにきてくれて、ありがとう。でも、私今、素直に喜べないの」

アイリスは、震える手で銃を下ろして呟《つぶや》いた。

「いいって。俺もだ。また逃がしちまった」

虎木《とらき》も、銃を下ろして白い息を吐く。

「今のアイカは弱ってるわ、追えばまだチャンスはあるかも……」

「無理だ。俺もお前も、未晴《みはる》も傷ついてる。追いついても戦えるかどうか分からないし、騒ぎが大きくなりすぎた。これ以上追えば別の面倒が起こる」

虎木《とらき》は呟《つぶや》いて、普通なら決して降りることの無い高速道路の上で、東京方面を振り返った。

「生きてこそ浮かぶ瀬もあれ、だ。近い将来、きっとまたチャンスは来る。今は、我慢だ」

「……ええ」

虎木《とらき》の言うことに頷《うなず》いたアイリスだが、どこか上の空で、虎木《とらき》とは反対側、関越道《かんえつどう》下り線の果てを見つめていた。

虎木《とらき》はそれ以上かける言葉が見つからず腕時計に目をやると、時間は午後七時を少し回った頃だった。

「あー……ヘリで帰れば、今日のバイト、間に合うかな」

現実逃避のために虎木《とらき》が見上げた黒い夜空に、ふと、小さい白い粒が生まれた。

星ではなかった。

それはひらひらと踊るように舞い落ち、思わず手を開いた虎木《とらき》の掌《てのひら》の上に落ち、血の弾丸を生み出した傷口の熱に触れ、溶けて消えた。

「……ホワイトクリスマスになるな。畜生」

呟《つぶや》いた虎木《とらき》の耳に、遠くから複数のパトカーが近づく音が、聞こえてきたのだった。

終章 吸血鬼もケーキを食べる

日本国内でカーチェイスの末に複数台の車が絡《から》む事故が起これば、それだけで大事件である。

死者こそ出なかったものの、梁戸幇《リアンシーバン》のトラックが通過した関越道《かんえつどう》のあちこちで交通事故が起こり、車両故障も頻発した。

警視庁と埼玉県警が、全ての原因になったトラックの特定に躍起になっているが、今のところ、高速道路の定点カメラからは有力な情報は上がっていないらしい。

テレビのニュースでは、警察庁の幹部としてインタビューに応じた良明《よしあき》が、犯人逮捕に全力を尽くすと通り一遍の答弁をしており、

「良明《よしあき》君……すまない……」

虎木《とらき》は甥《おい》っ子にまたも尻ぬぐいをさせてしまったことを大いに後悔した。

「本当、世も末だよねぇ」

フロントマート池袋東五丁目店の入り口近くの棚にある新聞の紙面はこのセンセーショナルなカーチェイス事件を連日報道していて、村岡《むらおか》はそれらを整理しながら顔を顰《しか》めて呟《つぶや》いた。

「でもま、遠くで起きた大きな事件のおかげでうちの強盗未遂事件は報道されなかったから、それでよしとするかな。ねぇ、トラちゃん」

「……そうっすね」

全ての事件に関わってしまっている立場上、不謹慎だと言うこともできず、虎木《とらき》は曖昧に頷《うなず》いた。

愛花《あいか》を逃がしてすぐ、未晴《みはる》がヘリコプターを呼び戻してくれたおかげで、虎木《とらき》はアルバイトに遅刻しなくて済んだ。

都心に戻った時点で八時少し前。

アイリスと未晴《みはる》が、これ以上は虎木《とらき》の領分ではないと言い、虎木《とらき》を強引に帰宅させたのだ。

とはいえ連日の騒ぎの中、途中下車させられたに等しい状況ではなかなか集中できなかった。

虎木《とらき》が仕事を終える早朝間際《まぎわ》に未晴《みはる》から、朗報とは言い難《がた》い知らせが入る。

愛花《あいか》が最後に乗ったと思《おぼ》しき壊れたトラックが、新潟港付近で発見されたのだ。

「恐らくは、まんまと国外に逃げおおせたのでしょう」

と未晴《みはる》は予想を述べたが、梁戸幇《リアンシーバン》の幇主《ほうしゅ》、梁雪神《リアンシユエシエン》の身柄を未晴《みはる》達が押さえたため、今後も油断は禁物だとも付け足された。

愛花《あいか》が雪神《シユエシエン》を助けに来る、ということは戦いの最中の様子を見てもあり得ないような気がするが、幇主《ほうしゅ》が捕らえられたことで大陸に残った梁戸幇《リアンシーバン》の者達が不穏な動きを見せるかもしれず、

「本当に、最低最悪の年末です！　血染めにされたあの帯、気に入っていたのに！」

と、未晴《みはる》にしては珍しく怒りっぱなしのまま電話が切れた。

そして。

「おはようございます」

「ああ、おはよう梁《リアン》さん！」

自動ドアが開き、笑顔で出勤してきた詩澪《シーリン》を、村岡《むらおか》も笑顔で出迎えた。

詩澪《シーリン》の身柄は、闇十字《やみじゅうじ》騎士団も比企《ひき》家も引き受けなかった。

尸幇《シーバン》の構成員の中では最初に自白し、事件解決に協力したこと。

和楽《わらく》からの情報で、現在闇十字《やみじゅうじ》が拘束している梁尸幇《リアンシーバン》の中で、詩澪《シーリン》だけが正規のパスポートを用いて入国していることで、虎木《とらき》を誘惑したこと以外に詩澪《シーリン》が犯罪に関与した証拠が無いことを理由に、超法規的措置として、仮釈放されている状態だった。

フロントマート池袋東五丁目店に復帰したのも、その一環だ。

詩澪《シーリン》がデミであることが発覚してから店を休んだのが丸三日。

一般的に考えれば試用期間中のバックレなのだが、虎木《とらき》に連れられて復帰を願い出た詩澪《シーリン》を、村岡《むらおか》は二つ返事で受け入れた。

「よくあるよくある。こんなことくらいで怒って年末年始の深夜入ってくれる人逃がす方がよっぽど損」

ということらしい。

虎木《とらき》やアイリスにしても、詩澪《シーリン》が村岡《むらおか》の店にいるのであれば、彼女の動静を手間をかけずに見張ることができるので願っても無い話だった。

願っても無い話だったのだが……。

「虎木《とらき》さん。休憩中の夜食に、血飲みません？」

村岡《むらおか》が帰宅した途端、とんでもないことを言い出した詩澪《シーリン》を、虎木《とらき》は苦い顔で見た。

「何ですかその顔」

「フザけんなって顔」

「だって今日はクリスマスイブですよ。あと一時間でクリスマスですよ？　吸血鬼が一番つらい二日間じゃないですか。血を飲めば、心も体も元気になりますよ」

「いい。俺ラーメン食いに行くから」

復帰して早々、これである。

詩澪《シーリン》は虎木《とらき》に血を吸われて本物のファントムになることを全く諦めていないらしい。

隙あらば虎木《とらき》に血を吸わせようとあの手この手で誘いかけてきて、いつか村岡《むらおか》や灯里《あかり》に聞かれはしないかと虎木《とらき》の肝をずっと冷やさせているのだ。

「いい加減にしてシーリン！　ユラは人の血は飲まないの！　ユラはいつかアイカを倒して人間に戻るんだから、変な誘惑しないで！」

そしてどう足掻《あが》いても、虎木《とらき》をパートナーとして扱い、詩澪《シーリン》を監察する立場にあるアイリスには聞かれてしまう。

強盗未遂事件のときと同じように、アイリスはイートインコーナーでかふぇメニューをちびちびとすすりながら、店にべったり張り付いているのだ。

まだ愛花《あいか》と戦った日に詩澪《シーリン》がアルバイトに復帰して二日しか経《た》たないが、その二日の間、詩澪《シーリン》が何かを言う度にアイリスの機嫌がどんどん悪くなっていって、虎木《とらき》は生きた心地がしなかった。

「ですから私はいいんですって。私の血を吸ったからって人間に戻れなくなるわけじゃないんでしょう?」

「吸わないでいいならそれが一番なの！　吸血、ダメ！　絶対！　バカなこと言ってないで真面目に仕事しなさいよ！　ユラもよ！　私の胸三寸であなた達はいつだって逮捕されるんですからね！」

「そんなに言うならアイリスさんもここで深夜アルバイトすればいいんですよ」

「勘弁してくれよ……」

おかしい。またこれだ。

どうして自分の身に起こる両手に花の状況は、ストレスフルになってしまうのか。

「何よユラ。私と一緒に働きたくないって言うの」

「お前と知り合ってからずっとそう思ってるよ！」

「虎木《とらき》さん。それはちょっと酷《ひど》いですよ。もうちょっと言い方考えてください」

「シーリンの言う通りよ。そういうところよユラ」

「ああもううるせぇなぁ！」

虎木《とらき》が頭を抱えて唸《うな》りだしたそのとき、

「お疲れ様でーす」

店の前に配送のトラックが停《と》まり、配送業者が積まれた番重《ばんじゅう》を引いて店に入って来た。

「お疲れ様です！　早速やりますね！」

虎木《とらき》はアイリスと詩澪《シーリン》から逃げるようにしてレジを飛び出し、番重《ばんじゅう》を引いて店の奥へと引っ込んでしまう。

それを見送ったアイリスは、頬杖《ほおづえ》を突きながら詩澪《シーリン》を睨《にら》む。

「あなただっていい加減ユラの性格分からないわけじゃないでしょ。ユラはあなたをファントムに変えたりしないわよ」

「今はそうだと思います。でも、ずっとそうだとは限りませんから。私は、虎木《とらき》さんが血を吸ってもいいって思えるような存在になるんです。アイリスさん、恋人でもなんでもないなら邪魔しないでください」

忙しく店内の通路を駆けまわって商品を検品している虎木《とらき》を、アイリスは行儀悪くマドラーを咥《くわ》えながら眺める。

「何、シーリン、ユラの恋人になるの？」

「それもいいですね。そうなったら、血を吸うのにも抵抗なくなるんじゃないかな」

そんなはずないじゃない、と、喉まで出そうになった言葉を、アイリスは呑《の》み込んだ。

虎木《とらき》は人生と命を賭けて人間に戻りたがっている。

だからこそ、未晴《みはる》に一切なびかないし、もっと言えば特定のパートナーを作ることなど、考えすらしないのだ。

シーリンもミハルも、どうしてこんな簡単なことが分からないのだろう。

「どうしたんですか？　アイリスさん。にやにやして」

「ううん。別に何も」

アイリスは首を横に振ると、コートのポケットから一冊の文庫本を取り出した。

「私のことは気にしないで。呼び出しがあれば出ていくし、何も無ければここであなた達のこと、暇つぶしがてら見張ってるから」

「ものすごく束縛が強い恋人みたいですね」

「その分析、当たらずとも遠からずよ」

「アタラズトモ……なんです？」

アイリスが否定しなかったので、詩澪《シーリン》は意外そうに眉を上げた。

「私は闇十字《やみじゅうじ》騎士団の修道騎士で、ユラはパートナー・ファントムよ。彼のことは何から何まで束縛して、当然ってこと」

※

朝五時。

虎木《とらき》と詩澪《シーリン》は早朝シフトのスタッフに仕事を引き継ぎ、仕事を上がった。

まだ日の昇らない早朝の東京の冷たい空気が虎木《とらき》と詩澪《シーリン》、そしてアイリスの顔を刺し、三人はそれぞれ寒さに身を震わせ、ほんの少しだけ眠気が覚める。

「虎木《とらき》さん、何をそんなに色々買ったんですか？」

「単に普段の買い物だよ。日中行けないし面倒だから、普段の買い物も大体店で済ませてるんだ」

虎木《とらき》の手にはパンパンになった買い物袋があり、袋の口からは店に置いてある生鮮食品やカレールウなどの、何の変哲もないものが覗《のぞ》いていた。

「それじゃあ虎木《とらき》さん、明日は血、よろしくお願いしますね」

「嫌な別れの挨拶だな本当」

詩澪《シーリン》の住居は、以前と変わらぬあのシェアハウスだった。

この場所自体は尸幇《シーバン》の者には知られておらず、単純に詩澪《シーリン》に引っ越すだけの余裕も無いからだが、虎木《とらき》は内心彼女がブルーローズシャトー雑司《ぞうし》ヶ谷《がや》に住むのではないかとひやひやしていたので、このことを知った時には心底ほっとした。

詩澪《シーリン》が帰宅するのを見届けてから、虎木《とらき》とアイリスも家路につく。

「……一年、終わるの早いわね」

「この十二月は特別早かった」

「同感。色々なことが起こりすぎて、細かいこと覚えてられなくなるわ」

「お前どうすんだよ、これから」

ごく普通の日常会話に混ぜ込まれた虎木《とらき》の意図を、アイリスは正確に、冷静に受け取った。

「私にも、アイカを追う理由ができたわ。彼女は私の家族の秘密に関係してる。あの女が何を知ってるのか、確かめたい」

「何があったんだって、聞いていい話か」

「あなたにとっては大して驚きもない話だと思うわ」

アイリスも、白い息をほうと吐きながら、何でもないことのように言った。

「私の家族は、私が十歳のときに吸血鬼が原因で殺されたの。その吸血鬼を家に迎え入れたのは、ユーニス・イエレイ。私のお母さんよ」

アイリスが初めて吸血鬼を殺したのは十歳のとき。

愛花《あいか》が虎木《とらき》に教えたことだ。

そして関越道《かんえつどう》で愛花《あいか》は、アイリスの母と『友達』だった、と言った。

「……逃がしたの、痛かったかもな」

「本当ね。でもやっぱりあのときは追わなくて正解。みんなのあの時の精神状態や体力じゃ、いくらあいつが弱ってたとしても勝てなかったと思う。尸幇《シーバン》の僵尸《キョンシー》だって、まだどれだけいるか分からなかったし、それに……」

アイリスは自分に言い聞かせるようにゆっくりと言ってから、無理矢理笑顔を浮かべた。

「将来に懸けるんでしょ。ミハルやシスター・ナカウラが僵尸《キョンシー》達から情報を引き出してくれるかもしれないし、気長に構えましょう」

「……ああ、そうだな」

虎木《とらき》も大きく頷《うなず》いた。

「私の日本赴任も、アイカとの因縁も始まったばかりよ。ゆっくり、着実に行くわ」

「俺みたいに無駄に歳《とし》だけ重ねるようなことになるなよ」

「笑えない冗談だけど、ご心配どうも」

まだ夜の明けない寒空に、アイリスの乾いた笑いと白い吐息が浮かんだ。

「ところで本当に随分色々買ったのね。冷蔵庫に入る？　まだ結構食材残ってたと思うけど」

もうアイリスが虎木《とらき》の部屋の冷蔵庫の中身を把握していることについては、虎木《とらき》も何も感想を抱かなくなった。

「見た目ほど沢山買っちゃいねぇよ。ただ一個、大きなものがあるんだ」

虎木《とらき》はそう言うと、一番上にあったカレールウとスナック菓子の箱をどかして見せる。

白いLED街灯の光に照らされたそれを見て、アイリスは目を瞬《また》いた。

「ユラ、これ……」

「梁《リアン》さんのことで村岡《むらおか》さんには間接的に迷惑かけたしな。それに最近とことんいいこと無かったろ。だからちょっとくらい、頑張った自分に贅沢《ぜいたく》なご褒美《ほうび》ってやつだ」

「それにしては大きくない？　ユラ一人で食べきれるの？」

「何だよ、お前食わないのか？」

「……え？」

アイリスは、はっとなって立ち止まった。

「楽しみにしてるとか言ってたろ？　どうせうちの冷蔵庫の中身は半分お前が食ってるんだし、お前も食う想定で買ったんだが」

アイリスはしばし虎木《とらき》が持ったビニール袋の中身にまた視線をやり、

「……うん、もらおうかな」

鼻を赤くしながら、微笑《ほほえ》んだ。

そして、虎木《とらき》の手からビニール袋の持ち手を半分だけ奪う。

「おい、何だよ」

「半分は私が食べるから、半分は持つわよ」

「何だよそれ、持ちにくいからやめろよ」

「いいの、ほら帰りましょう。日が昇っちゃうわよ。今日のうちに、私達の真っ暗な将来に乾杯しましょう」

「待てっておい！」

アイリスが半分だけ持って歩き始めてしまったので、虎木《とらき》は慌ててカレールウとスナック菓子を袋に戻した。

フロントマートで一番大きな袋の底に鎮座した4号サイズのクリスマスケーキは、修道騎士とパートナー・ファントムに半分ずつ支えられ、聖なる夜明けの住宅街を横切り、ブルーローズシャトー雑司《ぞうし》ヶ谷《がや》一〇四号室の冷蔵庫に収められたのだった。


―了―

作者はいつもあとがきの話題を探している ― AND YOU ―

２０１９年に、ある人間が朝型か夜型かは遺伝によって決まるという研究がイギリスで発表されました。

簡単に言うと、朝型人間と夜型人間では、体内時計の構造が根本的に異なっているそうです。

朝型になるには「太陽光を沢山浴びる」とか「朝の特定の時間の光を沢山浴びて体内時計を調整」みたいなことを聞いたことがある方は多いと思いますが、そもそも朝型と夜型では光を検知するメカニズムが異なるため体内時計の調整方法も異なっており、一律に同じ効果は得られないのだそうです。

夜型の人間が習慣と努力で『朝型的な人間』になることは可能ですが、本来昼行性の人間の中には夜型の遺伝を持っている人が多くいて、一日の中で行動量や能率が上がる時間も異なるそうです。

ですが現代社会は概《おおむ》ね朝九時から午後五時までを基準に世の中の大勢が動いており、朝型か夜型かなら、朝型である方が便利であることは間違いありません。

と言うか時間の裁量が自由な職業や立場であったとしても、夜型で得する事って皆無です。

これは時間の裁量が随一の自由度を誇る作家業を十年やってきた私が言うんですから間違い

ありません。

お久しぶりです。おかげさまで和《わ》ヶ《が》原聡司《はらさとし》は作家生活十年目に突入し、もうこのまま一生夜型なんだろうなと半分諦めかけています。

夜型の生活で注意しなければならないのは、運動不足と食生活です。

運動不足が問題なのは夜型に限った話ではありませんが、食生活に関しては外食一つとっても選択に慎重になる必要があります。

遺伝で夜型に決まっているくせに、夜遅くに物を食べると血糖値が高くなりやすく脂肪も貯《た》めやすいことには変わりないため、夜型の人は朝型の人より食生活の乱れが生活習慣病に繋《つな》がりやすいとは酷な話です。

生まれ持った遺伝子は何とも意地悪なことをするものですが、それでも灰になるよりはマシだと思うしかありません。

本書の物語は、例によって夜型の生活を生物学的な理由で強制される連中が己の生き方を模索するお話です。

その模索の果てに何があるのか、また次の巻にて見ていただければと思います。

それではまたっ！

◉和ヶ原聡司著作リスト

「はたらく魔王さま！1～21」（電撃文庫）
「はたらく魔王さま！0、0-Ⅱ」（同）
「はたらく魔王さま！SP、SP2」（同）
「はたらく魔王さまのメシ！」（同）
「はたらく魔王さま！ ハイスクールN！」（同）
「ディエゴの巨神」（同）
「勇者のセガレ1～4」（同）
「スターオーシャン：アナムネシス －The Beacon of Hope－」（同）
「ドラキュラやきん！1～2」（同）

本書に対するご意見、ご感想をお寄せください。

ファンレターあて先
〒102-8177　東京都千代田区富士見2-13-3
電撃文庫編集部
「和ヶ原聡司先生」係
「有坂あこ先生」係

本書は書き下ろしです。

電撃文庫

ドラキュラやきん!2

和《わ》ヶ《が》原《はら》聡司《さとし》

◇◇◇

2021年2月10日　初版発行

発行者　青柳昌行
発行　株式会社KADOKAWA
〒102-8177　東京都千代田区富士見2-13-3
0570-002-301（ナビダイヤル）
装丁者　荻窪裕司（META+MANIERA）
印刷　株式会社暁印刷
製本　株式会社ビルディング・ブックセンター

ISBN978-4-04-913542-8　C0193　Printed in Japan

電撃文庫　https://dengekibunko.jp/

電撃文庫創刊に際して

文庫は、我が国にとどまらず、世界の書籍の流れのなかで〝小さな巨人〟としての地位を築いてきた。古今東西の名著を、廉価で手に入りやすい形で提供してきたからこそ、人は文庫を自分の師として、また青春の想い出として、語りついできたのである。

その源を、文化的にはドイツのレクラム文庫に求めるにせよ、規模の上でイギリスのペンギンブックスに求めるにせよ、いま文庫は知識人の層の多様化に従って、ますますその意義を大きくしていると言ってよい。

文庫出版の意味するものは、激動の現代のみならず将来にわたって、大きくなることはあっても、小さくなることはないだろう。

「電撃文庫」は、そのように多様化した対象に応え、歴史に耐えうる作品を収録するのはもちろん、新しい世紀を迎えるにあたって、既成の枠をこえる新鮮で強烈なアイ・オープナーたりたい。

その特異さ故に、この存在は、かつて文庫がはじめて出版世界に登場したときと、同じ戸惑いを読書人に与えるかもしれない。

しかし、〈Changing Times,Changing Publishing〉時代は変わって、出版も変わる。時を重ねるなかで、精神の糧として、心の一隅を占めるものとして、次なる文化の担い手の若者たちに確かな評価を得られると信じて、ここに「電撃文庫」を出版する。

1993年6月10日
角川歴彦